河出文庫

忘れられたワルツ

絲山秋子

河出書房新社

目次

忘れられたワルツ

恋愛雑用論

恋愛とはすなわち雑用である。不要でなく雑用である。

雑用は雑用を呼ぶ。仕事でも家のことでもなんでもそうだと思う。仕事は忙しい人に頼めと言うが本当に頼まれる。そういう時期に限ってオトコというものが現れる。人類の半数を占める性別としてのそれではなく、おつき合いしませんかとにこにこ寄って来る酔狂《すいきょう》な輩《やから》である。しかもあちらは断然ヒマそうにしている。そんなオトコにつき合うのは雑用でしかない。しかし決して不要ではないから関わってしまう。

結婚相手と違って恋人というものは別の場所に住んでいる他人同士なのだから報告連絡相談だけきちんとしてお互いに機嫌が良ければそれで良い。そもそもオトコの存在自体が雑用なのだから、雑用は雑用らしく雑用でもやっていれば宜《よろ》しい。その間に私は雑用を済ませる。

だが本心を口に出してしまったら最後、おつき合いはたちまち破綻《はたん》するだろう。「萎《な》える」とか言われるだろう。「年がら年中萎えているくせになにを言う」などと返したならばその関係は恋愛であることをやめてしまう。その後の一日を湿った布団のなかで過ごすのは困りものである。そこで無為にデートなぞすることになる。用もないのに隣町の街道沿いにあるショッピングモールに出かけて十五分で済む雑貨の購入のために半日も潰《つぶ》したりこんな簡単なもの家で作れるのにと思いながら高いメニューを食したりする。挙げ句の果てにえいやと詰め寄られればその気もないのに裏声でいやんと言ったりしなくてはならないのだ。

まさしく雑用そのものであるデートを済ませた翌日といえばそれを果たすために放置断念した他の雑用が山積していて二日酔いよりも酷《ひど》い気分であれもこれも片付けなければならなくなるのである。

私は小さな工務店で事務員をしている。朝は八時に出勤して机を拭き棚を拭き事務機器を拭きテーブルを拭き社長の禿頭以外のあらゆるものを拭きフロアに掃除機をかけモップをかけ玄関から外回りを箒《ほうき》で掃きトイレの掃除をやって観葉植物に水をやって葉っぱの埃をとってやる。昼間は社長がよほど難しい見積もりでもしていない限り会社には私一人しかいない。毎日必要に応じて請求書を作ったり帳簿をつけたり頼まれた図面を焼いたり部品やカタログの荷受けをしたりする。これらのことが雑用なのか仕事なのか、そんなことは私がお姉さんなのかおばちゃんなのか、ということと同じくらいどうでもいいことである。考えなくて済むことである。

　仕事のなかで圧倒的に多いのは電話取りと会社に来た人への応対である。会社に来る人というのは銀行や会計士や資材問屋たまにメーカーそして事務機器の会社といったところだが担当ご本人様だけでなく前の担当や前の前の担当までもが立ち寄ってくれる。単なる社長の友達というのもたまに来る。言いがかりは大キライな私も通りがかりなら歓迎する。各社の所長や支店長といったお偉方は社長がいなければおよそ用事があるとも思えないのだがかれらもお茶を飲みにやってくる。用事がなくてもかれらとて家を建てることはあるし家を建てる知り合いもいるのだからいつでも気持ちよく時間を潰してもらうように、と社長から言われている。

　小利口くんもそのうちのひとりだ。小利口くんというのは私がひそかにつけたあだ名であり本人は夢にもそう呼ばれているとは知らない。本名は金子くんである。本来の業務なら月末だけ来たっていいものを三日に一度は会社に寄ってぺらぺらよく喋る。

「最近、なんかいいことありました？」

　小利口くんはいつもそう言う。

「ありません」

　と私は答える。

「日下部《くさかべ》さんの好きなタイプってどんなんですか」

と、聞くこともある。

「お金の話しないひと」

小利口くんの勤務先は地元の信用金庫である。

「金子くんはどうなの」

「僕なんかもう、若くても熟女でもスリムでもぽっちゃりでもなんでもウェルカムです」

何を言うか青二才が。その境地に達するには十年早いわ。

小利口くんはやたら恋愛の話をしたがるが長いつきあいのなかでごく僅かの例外を除けばそれは実体験を伴わぬむなしい話ばかりである。

任意の犬AとBが、それぞれの飼い主の都合のいい時間と場所に散歩に連れていかれます。AとBはすれ違うときに、お互いの尻を嗅ぎ合うことになります。AとBは仮に一生出会うことがなくても問題なく生きていけるでしょう。しかしすれ違ったら尻を嗅ぎ合います。そうせざるを得ないということなのです。

「恋愛なんてそんなもんでしょ」

と、私は言った。

「それなら別の話をしましょう」

小利口くんは、あんまり良くない癖だが任意の犬Bのようにぺろっと唇を舐めて身を乗り出してきた。

「仮にインターチェンジが10キロおきにあるとします。今、日下部さんが任意のインターから高速に乗り、時速150キロで走りはじめました」

「そりゃずいぶんだね」

「日下部さんと同じ時刻に五つ先のインターチェンジから覆面パトカーが高速に入り時速120キロで巡行しています。さて日下部さんは出発点からいくつ目のインター付近で捕まるでしょう」

「覆面ってスカイラインでしょ。8ナンバーだしすぐわかるよ」

「追いついたら必ず捕まるという設定です」

「それが恋愛の話?」

「もちろんです」

「捕まって怒られるのが運命だったら追いつく前に高速下りちゃうよ。私だったら」

「僕は設問を出しているんであって、そういうふうに話をはぐらかされても困るんです」

「つまんないなあ」

「よく言われます」

両親は広告に踊らされて遠方に別宅を買った。今でもまだ踊っている。別宅のつもりだったのにあちらが本宅になってしまい滅多なことでは帰って来ない。彼《か》の地からやれ果物だやれ干物だやれはちみつだと段ボールに詰め込んで送ってくる。一人では到底太刀打ちできない量である。添えられた手紙には必ずこう書いてある。「ほかのと全然味が違います。美味しいから食べてみてください。余ったらご近所へ」

親がどんなに踊っても私に踊る勢いはない。ご近所に配るだけで雑用がひとつ増える。

両親の出奔《しゅっぽん》により私は実家にひとりで住んでいる。実家のあるR…町は県庁所在地からは車で一時間余、町の面積の大半を占めるのは自衛隊の演習場である。わたしたちは自衛隊のお陰でいろいろ得をしながら生きているらしいがずっと住んでいるとぴんと来ない。確かに停電というものは経験したことがないが、せいぜいその程度しかわからない。

町役場のそばに小さな温泉がある。露天風呂がないのが不評で観光客はほとんど来ない。町民は割引で入湯料金五十円なので午前中なら婆さんたちがひしめき合い夕方なら小児幼児を引き連れた母親たちのごった煮状態となる。よくニホンザルの群れが温泉に入っているのをテレビで見るけれどあれらはうわさ話をしないだけいいと思う、そんな眺めである。

温泉そのものは決して嫌いではないけれど朋ちゃんなんてこないだまで子供だったのに随分大きくなったのねえと巨乳を品評されるのは迷惑である。あの年でまだ独身なんだってどこかやっぱり問題あるんじゃないのと陰で言われていることも十二分に承知している。


姉は関西に嫁《とつ》いで二人の子を産んだ。今ではいんちきな方言を操っている。

「あんた婚活せえへんの」

電話が来れば大抵そんなことだ。

「しないと思う」

「今は四十代でもみんな婚活してはるよ。その年ならバツイチも狙えるやろ。そっちの方がええんちゃう」

「婚活なんて。これ以上雑用増やしたくない」

「あんた一生R…町でええのん？」

姉の関西弁は素人の私が聞いてもでたらめなイントネーションで気持ちが悪い。

「私まで出ていったら一家離散になるでしょ」

「そやけどあんたかて幸せになる権利あるわけやから」

あんたかて、だって。

権利、だって。

この町を脱出しようと思ったら結婚が唯一の手段なのかもしれない。けれどいざ実家をたたむとなったら誰も協力しないだろうしそれがどんだけ面倒くさいか天秤《てんびん》にかけたら私は現状維持を選ぶ。


二十代の後半だっただろうか、あの頃はまだ親が家にいた。

社長は今でこそかなり穏やかになったけれど昔は職人気質《かたぎ》で筋が通らないとすぐ怒鳴ったし特にやりがいのある仕事でもなかったし日々お茶を飲みに来るひとびとはオッサンばかりで選挙だの介護だのスポ少だのといった慣れない話題についていくことをむなしく感じていた。

そして家族親戚はたまたご近所さんといった有象無象《うぞうむぞう》が結婚結婚結婚とほんとうにうるさかった。

そんなことは女として生まれたら当たり前のことでそのときあんたはひとの話を聞かなかったから悪いのだと姉は今でも言う、私なんか夜も眠れないほどいつ結婚できるかって悩んだのだと言う。

姉が悩んでいたとは知らなかった。きっと興味がなかったからだろう。しかし興味がないというのは悪いことなのだろうか。

当時R…町の同級生にはスナックでバイトして自衛官とつきあったり婚約したりする子が何人もいた。そういう子はおしなべて彼氏の同僚の自衛官を紹介する紹介すると言うので私もマッチョは嫌いマッチョは嫌いと断り続けねばならなかった。

「じゃあどんなひとならいいの？」

「チビでガリ。アート系」

夜中に酔っぱらってうろうろする姿は感心しないけれど決して自衛官が嫌いというわけでもないのである。ただ深い考えもなしに結婚の段取りになりそうだったし同級生に結婚式で大きな顔をされるのがイヤだったのだ。ほんとうは好きになったひとこそがタイプであってあらかじめ決めたことなんかない。面倒な現状を回避できそうな設定をその都度口に出すだけだ。

「アート系なんてここにいるわけないじゃん。なんで朋ちゃんR…町に残ってるわけ？」

「なりゆき、かなあ」

三十歳を過ぎてからはイキオクレのレッテルでもってまだ少しだけ責められたが三

十五を過ぎてからはヘンクツのレッテルに上書き保存されてすっかり楽になった。四十を過ぎたら何ひとつ更新されなくなった。肩の荷が下りてせいせいした。

今では結婚せよなんて言うのは姉だけである。

私は結婚するために生きているわけではないが、結婚しないと決めているわけでもない。

なんのために生きているのか。

そんなことはさっぱりわからない。

少なくとも種の保存のためには生きていない。


私は毎日弁当を持参する。弁当なんて雑用の試供品パックみたいなものだと思うけれどそうかと言って私が蕎麦屋だのらーめん屋だのに行ってしまえばこの事務所で電話を取る者がいない。

新聞を読みながら弁当を食べていると、どこかで早飯を済ませた小利口くんが事務所に来て言う。

「お弁当今日はなんですか」

「見ないでよ」

私は新聞紙で弁当箱を隠す。

社長とのアポイントは一時半のはずなのに何故こんなに早く来て陣取っているのだ。昼の時間にわざわざ来る連中は私がいやがると知っていて弁当を覗くのだ。破廉恥《はれんち》である。ハラスメントだと思う。

だがそんなひとにもお茶を出すのが私の仕事だ。

「お茶なんてあとでいいんです。食べててください」

小利口くんは言う。

「いいからそっちに座ってて」

「弁当いいなあ。今度僕にも作ってほしいなあ」

好きな男に弁当を作ることだって猥褻《わいせつ》だと思うのに、好きでもない男に強制されるなんざ犯罪である。

「自分で作ればいいじゃない」

「そうそう最近聞いてなかったけど、日下部さんいいことありました？」

「ありましたよ」

「ほんとに⁉」

「ゴールデンウィークにモロッコ行ったじゃない。そこで知り合ったひとが」

私の唯一の趣味は海外旅行である。パック旅行で安く行けばひとり旅でもなんとかなる。

「モロッコ！」

　小利口くんが叫んだ。

「モロッコがどうかしたの？」

「いやあ、きっとガードが下がりまくりだったんだろうなって」

「そんなことありません。最後の頃は結構仲良くなって二人で行動してたんだけど、そんな変な感じじゃなくて、話も合うし」

「日下部さん、誰とでも話、合うじゃないですか」

「それでどこに住んでるかって聞いたら隣の県だって言うじゃない。日本に帰ってまた会いましょうってことになってそれが先月だったの」

「どうなったんですか、その彼」

「チャラ男《お》だった」

「うっわぁ」

　田舎に於《お》いてヤンキーよりもかっこわるいのがチャラ男である。ヤンキーは思春期のひとつの現象であってじきに「落ち着く」ものである。そのあとは比較的早く結婚して家族を養うためにしっかり働く。私の中学校の同級生なんかそんなのがいくらでもいる。だがチャラ男には「落ち着く」ということがない。

「なんでわかんなかったんですか？　その、モロッコで」

「だって異文化のなかにいてチャラいかどうかなんて見ないでしょふつう。服だってTシャツ短パンだったし下品じゃなかったから……」

「それでそれで？」

「D…市だって言うから、D…市まで行ったのよ。そしたら相手がなんていうのか『キメキメ』で来たんです」

「そりゃ日下部さんがわざわざ会いに来てくれたんだから大決心したんでしょ」

「でもその大決心がホストみたいなスーツ着ることと、変な鳥みたいな髪型することだったら」

「鳥！」

「そう、鳥」

小利口くんは椅子に座ったまま、身体を折り曲げて咳き込むように小刻みに笑っていた。

「それがさ、D…市に住んでるって言うからてっきり町の人かと思ったの。あっちは大都市じゃない。そんならわかるよまだしも。だけどあのチャラ男はD…市って言っても勤め先だけ市街地で住所はついこないだ平成の大合併でやっとこさ合併した村なのよ、村！」

「日下部さん今スイッチ入った！」

「スイッチって、なに」

「日下部さんが何かに対抗するスイッチって、小さいとこ同士でしか入らないんですよね。ここだって自衛隊なかったら村でしょ」

「村でさえない。消滅してたよ！」

残念なことに小利口くんは県庁所在地の出身であり国立大学まで出ている。だからそう言われればぐうの音も出ないしそれ以前に都市部に対抗心は燃えない。

「すみません話の腰折った、それでD…市の彼は」

「あの村、私だって知ってたよ。一時期あそこの神社のお守りがいいって口コミで有名になったの知ってる？　私なんか友達の妹のために合格祈願のお守りもらいに行ったんだもん。田んぼのなか延々走ってさ、そこから峠を越えて川沿いの村。そんなとこ」

「ここと一体何が違うんですか」

「だから言いたいのはね、バスなの。観光バスのお古で窓とかムラサキ色でシャンデリアとかついてるやつ？　中でカラオケとか寅さんのビデオやってそうなバスがふうに走ってるのよ、あの村。それが路線バスなの。しかもこの時代に『**路線バス**』って半紙に毛筆で書いて前後に貼ってあるってどうなのよそれ」

「でもここだってハイエースがバスじゃないですか」

「そうじゃなくて。そんなムード歌謡みたいなバスにホストみたいな格好したチャラ男が乗ってるってこと！」

「え？　バス通勤なんですか？」

「クルマがないって」

「クルマがない？　なんで？　どうして？」

「使えない男だって思わない？」

「まあそうかもしれないけど、バス通勤にはなんか理由があるんじゃないですか？　壊れちゃったとかぶつけちゃったとかあと盗賊団に襲われたとかで一時的にバスなんじゃないんですか？」

「知らないけど、もう私理由聞く気もなくして帰ってきたの。D…市でクルマがないなんてパンツはいてないようなことだよ！　理由聞く必要ある？　パンツはいてない人はパンツはいてないってその事実だけで十分じゃない」

言うだけ言ってかなりすっきりした。

小利口くんはしばらく困ったような同情したような、どちらにしても薄っぺらい顔をして固まっていたが遂にこらえきれなくなったみたいで再び笑い出した。

「今、んもう、って言いましたね」

「言ってない」

「言いました」

資材問屋から配達の件で電話がかかってきて現場の棟梁《とうりょう》に用件を伝えなければならなくなったので与太話は一時中断する。

「打算の構造って話をしましょうか」

私が電話対応している間、頬杖をついて手帳をめくっていた小利口くんが言った。

「いいよ難しそうだから」

「いやさせて下さい。思い立ったら言わないと気が済まないんです」

「困った性格だね」

「えーとですね、日下部さんのまわりのすべてのものを『ためになる』『ためにならない』『得になる』『得にならない』の四つに分類してみてください」

「はあ?」

「ちなみにためになるとは個人のことで、得になるとは社会のことです。社会の得というのは経済的なものだけでなく、評価や認知も含みます」

「町内会とか」

「そう！　わかってるじゃないですか、町内会は公共の利益だからどっちかと言えば得だと思いませんか?」

「そうかもね」

「あとは？　どんな項目がありますか？」

「親はまあ、過去にはためになったよね。旅行は好きで行ってるけどやっぱりためになるの？」

「そうですそうです。そうやってすべてのものを分類するんです。それが終わったら縦軸に『ため』、横軸に『得』をとって分布図をつくってください。これが日下部さんの打算の構造です」

「何言ってるんだかちっともわからないよ」

「つまり価値観の分析ってことですよ。得にはならないけどためになるからつき合う人間関係とか、ためにはならないけど経済的に得だからやる仕事とか、そうやってあてはめていくんです」

「そんなこと分析しなくても生きられると思うけど」

「いいからいいから」

裏紙を引っ張りだして小利口くんの言う通りにx軸とy軸をひいてみる。すると「ためにもならず得にもならない」という最低の座標は恋愛なのだった。

「ほらね！」

小利口くんは喜んだ。

「なにこれ、わかっててこんなことやらせたの？　心理テストでもしたつもり？」

「なんで怒るんですか」

「怒っちゃいないけど、大人をからかうのはよしなよ」

「だからあ。日下部さんの恋愛は打算とは無縁ってことを証明したかったんですって。だってこれ打算の構造って最初に言いましたよね」

「なんかもうめんどくさい」

「すみません」

「そんなんだから金子くんは小利口くんって言われちゃうんだよ」

「えっ⁉」

小利口くんは思いのほか強い反応を示した。

「ちょっと日下部さん、なんなんですかそれ？」

私は帰ってこない社長に電話しようかと思った。ほかのひとが来ればいいのにとも思った。髭の会計士さんとか少年サッカーの監督やってる問屋の課長とか。とにかく面倒くさい話をしない誰かが。

「誰が言ってるんですか？　日下部さんそんなふうに僕のこと見てるんですか」

「だってどこからどう見たってそうだよ」

小利口くんがまだ何か言おうとしたところにアポイントから遅れること二十五分、

社長のクルマが帰ってきた音がして私はほっとする。

社長はタオルで汗を拭きながら「あーどもども」と小利口くんに声をかけた。

「社長おかえりなさい。金子さん、お茶入れ替えましょ」

私は満足して笑顔で立ち上がる。狼狽《ろうばい》したひとや転覆した話題を置き去りにするのは気分がいい。


一軒家というものは圧倒的にひとりで住むには向いていない。戸締まりも面倒だしそれ以上に庭の手入れが厄介だ。それに六年に一度は隣組の組長がまわってくる。地域の行事だの集金だのお知らせだのさまざまな当番だのが付帯する。こんな時代でも隣組と呼びこんな私でも組長と呼ばれる。イヤだと言ってもお互い様だし男の子たちの入っている消防団はそれはそれで大変だし猟友会はイノシシが出たときに頼もしい。なにもかも仕方がないと思うしかない。

父がよく雑草を抜きながら言っていた。

「誰が植えたわけでもないのによく生えるよなあ。大したもんだ」

しかしその父が植えた栗の木の開花にあたって思春期に同級生から心ないことを言われて以来私は栗の木が大嫌いだ。

都会から来たひとには「田舎暮らしは静かでいいでしょう」と言われるが、演習でぽんぽん音もすればヘリも飛ぶこの町の一体どこが静かなのか。秋の稲刈りシーズンには鳥よけの空砲が不規則に鳴る。ヤンキーは朝までバイクで走る、朝の四時になればヤンキーと畑の草刈り機の音が交代する。防災無線は反響して何を言ってるかわからないしそのたびに町中の犬が吠える。

私はそんな環境のなかで育ったから慣れているがこの環境が都会のひとが思っている「静かで優雅な田舎暮らし」とは全く別の世界だということも認識できる。

自衛隊しかない町だから年がら年中カーキ色の大型車両が走っている。なんでこんなとこ、と思うような細い道でもナンバーの横に「仮免許練習中」のプレートをぶらさげた幌つきトラックが隊列をなして走っている。仮免許と言われても恐れることはない。彼らは民間の車と事故を起こしたら大変なことになるのであろう、大変丁寧で紳士的な運転をする。

震災の後は「災害派遣」の札を提げた車両が帰ってくるのを見るたびに胸が熱くなった。運転しているのは年端《としは》もいかないような子ばかりだった。かれらは何週間被災地にいたのだろう。訓練を積んでいるといってもつらかっただろう、苦しかっただろう。近頃とみに涙腺が弱くなってきた私はぼろぼろ涙を流した。毎日災害派遣の車両が帰ってくるので毎日涙を流した。

小利口くんと言ってももう四十代である。うちを担当するのは二度目になる。新入社員の頃は先輩と一緒に来ていたがそのうちひとりで来るようになった。そのあと別の支店（といっても信金だから遠くはない）に転勤して担当替えしたが、戻ってきたのは二年くらい前だったか。ずっと青二才の印象だったが、このひと、いつの間にか「ございます」が板についてきたなと気がついて歳を聞いて驚いた。七〇年代生まれが四十歳なのだ。

私は愕然とした。

ガキも歳をとるということに。

「こういっちゃなんだけど、おまえさんと金子は似合ってるよ。いいと思うよオレは」

ある日突然社長が言った。

「何言うんですか。社長がよくてもその他全員よくないですよ」

「そうか？　俺は日下部のことも金子のこともよくわかってるつもりだけどな」

「私イヤです。だって金子さんって卵から生まれてきたみたいですもん。それに自分が卵産みそうだし」

　社長が噴き出した。それから少し真面目な顔で言った。

「あいつは、案外へこたれん男だよ」


　へこたれんだかなんだか知らないが、小利口くんはキャベツとレタスの区別もつかない男なのだ。

　前に社長と三人でとんかつ屋に行ったとき、

「このつけ合わせのレタスおいしいですね」

と言われて社長の箸が止まった。

「キャベツ、のこと?」

　社長も驚いていたが私だって驚いた。

「あぁキャベツでしたっけ、すみません。僕わからないんですよそういう細かい違いとかって」

「細かくはないだろうが」

　長年生きてきてそんなひとは初めて見た。

「イモムシ以下」

　と、私は言った。

暑い夏が過ぎた頃ボランティアをしないかと言われた。被災地に送る冬物衣料の仕分けをするという。私は土曜日に県立体育館に出かけた。大人と子供、男女別、サイズ別、汚くて送れないものの廃棄、そんなことを一日続けて埃だらけになった。

そこで久しぶりに同級生の梅田春彦くんのお母さんと会った。春彦くんはちょうど休暇で地元に帰って来ていると言う。高校のときのクラスが同じで、りりしいな、と思ったこともある。かれは東京の大学に進学を果たし今はなんとデンマークに赴任しているという。

「デンマークって何語なんですか」

「どうかしら。なんだかカタコトの英語でやってるみたいなんだけど」

「英語で仕事ができるなんてすごいですよ」

「それがね恥ずかしい話バツイチなのよ」

「もしかして外人さんと」

「そうなの。やっぱり文化が違ったのかしらね」

「私みたいな行き遅れと比べたらバツイチの方がずっといいですよ」

「家に帰ってきても退屈だ退屈だってごろごろしてるばっかりだから、もしよかったらお茶でも飲みに来て」

「春彦さん、いつ帰っちゃうんですか？」

すんなり「春彦さん」と言えた自分がちょっと嬉しかった。

「来週まではいるんだけど。うちはいつでもいいのよ。今日でも明日でも」

喜んで！

それに梅田さんのところに親から大量投下されたはちみつだの果物だのをお裾分けできる！


翌日は念入りに化粧をしていつもより小綺麗な格好をして梅田家を訪問した。

春彦くんは変わっていなかった。あのころイケメンなんて言葉はなかったのだというこ とに私は気がついた。今だから「イケメンだ」と思えるのだ。大人になっても話し方が静かで好感がもてた。昔のように「朋ちゃん」と呼んでくれた。

海でも行こうかってことになって私がクルマを出した。途中から雨が降ってきた。それも随分激しい雨だった。海岸線を走っているのか洗車機に入っているのかわからなくなった。地元ではちょっといい感じだと噂のカフェに客は誰もいなかった。それどころか三時で閉めるとか言われてなんだか盛り上がらなくなって水しぶきの向こうの鉛色の海を見ていた。

「デンマークってどんなとこなの」と聞くと、

「肉がうまい」

と言った。

「それだけ？」

「景色もいいよ」

「春彦くん、あっちでつき合ってるひといるの？」

「いやいない。寂しくしてるよ」

寂しそうなイケメンに私はめっぽう弱い。

昔からそうだったわけではなくて今そう決めた。

肉と景色だったらR…町だってさほど悪くはないのだがそれでもこの唐突な再会にのっかるというささか軽率な思いつきが自分らしくて気に入った。

いきなり私がデンマークで一家離散。

ステキではないか。

休暇なんだけど何も予定ないから明後日あたりご飯でも食べに行こうか、と言われた。ヘッドバンギングみたいな勢いで頷きそうになったがなんとか落ちついて、明日会社行って何時頃上がれるか確認するからアドレス教えて、とスマートにおさめた。

雨はやまなかった。

それでも久しぶりに会った優しい男が助手席でくつろいでいるというのは悪い気持

ちではなかった。楽しく喋りながら信号待ちでふと見たら両の掌《てのひら》を上向きにしていた。なんだかイヤな気もしたがかまわず走っていたら彼はそのうち気持ち良さそうに寝入ってしまった。睫毛《まつげ》が長いんだな、と思った。こんな寝顔なら明け方にそっと見守っていてもいいかもしれない、と思った。

だがやはり膝の上で両手が上を向いていた。

信号待ちで右手の親指と人差し指を引っ張って輪っかを作ってやった。春彦くんは薄目を開けただけだった。左手の指も引っ張って同じようにしてやった。抵抗しなかった。大仏のように印を結んだまま眠ってしまった姿を見るとさっきまでの夜明けに云々という気持ちはあっさり消え失せて何とも言えず薄気味悪くなった。

バカだと思われるかもしれないがたったそれだけで醒《さ》めてしまった。おそらくデンマーク人の奥さんもかれのホトケっぷりがいやになったのだろうと勝手に解釈した。今度小利口くんに「なんかいいことありました？」と聞かれたら話してやろうと思った。

あのとき。

事務所はそんなに揺れなかった。

距離が遠かったのだ。髭の会計士さんや小利口くんが駆けつけてあっちに親戚や友達はいないかと心配してくれて社長が慌てて帰ってきてやっとことの重大さに気がついたのだった。

　恐ろしくて悲しくてそれからしばらくの間、ラジオをつけたままでいないと眠れなかった。雨戸が閉められなくなった。自衛隊があるから停電なんかないのに電池を買った。クルマを持っていないチャラ男の県ではガソリンが不足していたがここはそれほどひどくはなかった。それでも満タンを心がけるようになった。

　よそではもっと見えない危険や心配やストレスが強いのだった。東京に行った友達が電話で一方的に喋った後あんたはのんきでいいよねと吐き捨てた。一方で両親や姉は私よりもっとのんきに見えた。実家とこっちと両方被害を受けることはないから何かあっても大丈夫な方に行けばいいと笑うのだった。

　私は友達に違和感を覚えた。家族にも違和感を覚えた。テレビにも政治家にも違和感を覚えた。でもそのうち強い気持ちは薄まってできることだけをすればいいと思うようになった。それが正しくないことも勉強不足なこともわかっている。でもどこに、ひとがふつうに生きていくことについて正しく話せるひとがいるというのか。

　秋になるとまた雑用が増える。勝手に落ちたイガグリが庭を埋め尽くすのだ。邪魔で仕方がない。朽ち果てるに任せたいのだがやはり食べ物であるから後ろめたいしかさばるしご近所の目も気になる。あちこちに配って歩くには限界があるが真面目に取り組もうとすれば栗というのは下ごしらえが実に面倒なのだ。虫を追い出すために水につけておいて乾かす。その上で茹《ゆ》でて冷まして鬼皮渋皮を剥いてさらにアク抜きをする。もっと簡単な方法があるのかもしれないが母がしていた通りにしかできない。さんざん苦労して結局どうするかと言っても茹で栗か甘露煮か栗ごはんしか作れない。ひとり者が毎日栗ごはんなんて飽きるに決まっているのだ。とうとう決心して、

「栗の木、切ります」

と母に電話して言ったら、

「それだけはやめて」

と言われた。

「わかったよ」

私は何事もすぐに諦める。さっさと手を引く。結局のところどっちでもよかったんだと思う習慣がついている。

「それとお願いだからイガは拾ってあげて」

親ではなく栗の木に雑用を頼まれているようでなんだか気が抜けた。

強震モニタ走馬燈

「離婚したから遊びに来ませんか」

めでたいのかめでたくないのか、魚住《うおずみ》から来た年賀状に一行、そう書いてあったので、井手は春先になってから海沿いのK…町まで出かけたのだった。二人は小学校三年のクラスで一緒になり、中学を卒業する頃にはかなり仲良くなっていた。魚住が丁寧語を使うのは今に始まったことではない。オタクというものが珍しくもなくなったこの時代ではそういうひとも増えてきたように感じられるが、子供の頃は不自然だと井手は思っていた。学生時代、周囲より少し早くパソコンを購入した魚住は、井手にとってしばらく意味不明な世界の住人となった。そのうちに井手にもインターネットが珍妙な趣味ではない時代がやってきて、お互い少しずつ人間もまるくなり、再び連絡を取り合うようになった。魚住が薬剤師の研修かなにかで上京するときには待ち合わせて食事に行った。

魚住が住んでいるのは、N…駅からローカル線で二十分ほどのところである。前と同じマンションと言われたが、井手が魚住の家に行くのは初めてだった。つまり離婚して旦那が出て行ったという意味だろう。

お土産のワインをぶら下げて、井手は二両編成の電車に揺られて行った。電車はずっと山のそばを走っていて、短いトンネルの出口や、竹藪と古い家の隙間に期待しても海はほとんど見えなかった。

スマホを見ると六歳年上の恋人からメールが来ていた。「週末会えなくて残念だけど、友達と楽しんでおいで」。井手はまだ浅いつき合いの相手に「ありがとう。またメールするね。来週ごはん食べに行きたいね」と返信した。

そのあと井手はフェイスブックを立ち上げて、いつもと同じような写真がアップされているのを見た。バブル組が嫌われる理由ってわかる気がする、と思った。自分のことはすっかり棚に上げて思った。

桜の季節には揃いも揃ってソメイヨシノ、夏になれば旅行、子供の写真などを載せる者もいたが、圧倒的に多いのは料理の写真だった。特に気の利いた文章がついているわけでもない。焼き肉の写真に「友達と焼肉です」、パスタの写真に「今日はイタリアンでした」。他人の食事に興味はないし、こんなものを見続けていたら確実に頭が悪くなる、と井手は思った。

電気料金が上がり、消費税も上がったらたちまち景気が悪くなり、化粧品なんてまっさきに節約の対象になる、そのときうちの会社は大丈夫だろうか、自分はリストラにならないんだろうか、などと最近井手は考えているのだが、フェイスブックのなかの知人たちは、ささやかな幸せに満足しているよ、無難なこと以外は話したくないよ、と言いたげなのだった。

はじめたきっかけは、結婚退職した同僚から、

「ねえ、なんでやらないの」

と聞かれて反論が思いつかなかったからだった。名前と出身校と会社名を入力すると、たちまち友達リクエストが相次いだ。同僚や同級生からのものが多かったが、言葉を交わしたことさえないひと、もっと悪いことにはかつて別れた男からのリクエストすらあった。その数はあっという間に膨れあがり、いくら保留を繰り返してもフェイスブックは飽き足らずに「友達の友達」という名の他人を紹介しようとしてくるのだった。

空しいと思った。

空しいので魚住に「なんでフェイスブックやらないの」とメールした。

魚住からの返事にはこう書いてあった。

「ネットはあぶないですからｗ」

その前はツイッターだった。やらないというためには文明を否定するぐらいの強い

理由が求められるような気がして登録してみたものの、他人の真似をして「恵比寿なう」「ランチなう」と打ち込んだ井手は自分がイヤになって、それからあまり見なくなった。

フェイスブックにしてもツイッターにしても、上手に使いこなしてもっと面白い、斬新なコミュニケーションをしているひとたちもいるのかもしれない。だが井手と繋がっているようなバブル組の連中にとって大切なのは、書き込む内容ではなく「やっているという事実を人に知らせる」ことだけなのだろう。なにかの免罪符なのだろう。それは、卒論の内容ではなく出身大学が青学であるとか上智であるとか自己申告することと変わらない。大学時代に着ていたものは、デザインよりもそのブランド名をひとに知らせることに意味があった。今もかれらは二十年前となんら変わりない、だからバブル世代だと言われるのだ、と井手は思った。再び自分のことを棚に上げて思った。だが井手自身はひとに伝えたいような情報などなにも持ち合わせてはいなかった。

駅のホームに降り立つと、都心よりぬるい風が吹いてくるように感じられた。ホームの端のコンクリートの割れ目からはハコベが芽を出していた。のどかなところだなあ、と井手は思う。

改札を出ると、駅前の小さな広場のどこかで待っていたのだろう、黒い軽自動車がするするとやって来て目の前に止まり、魚住が下りてきた。重たそうな長い髪をうしろで結わえ、ゆったりしたシャツにジーンズという姿で、相変わらずふてぶてしいとしか言いようのない表情をしていた。シャツにはろうけつ染めのような模様がところどころに入っている。えー趣味変だよ、いつの時代の？　と井手は思ったが、全体としては古代人のようでもあり、奇妙ではあるがなんらかのバランスはとれていて、魚住のイメージを裏切るものはなにもなかった。

「コンビニとか寄ります？　ウチに直行でいいですか」

と魚住は言った。

「海、見に行こうよ」

井手は言った。だが魚住は少し呆れたような顔をして、

「うみー？　いや、考えてなかったです」

と答えるのだった。

「なんかないの？　海が見える丘とか展望台とかでもいいけど。あと海鮮丼とか食べたいし」

言っていることが定番すぎると井手は思った。だが、都心に住む自分がここまで来て海を見ないなんてことの方がおかしい、とも思った。

「海ですか。うーんちょっとわからない」

こういうときの魚住は気が進まないわけではなく、ほんとうにわからないのだった。こんな海沿いの町に住んでいて、そうなのだった。井手が訪ねてくる、そうしたらどこに連れて行こうかとかそういった発想がまるでない。それがなぜか懐かしく、可笑しく感じられた。

「魚住、変わってないね」

井手は笑った。

「変わりようがないですよ」

魚住は真顔で答えて、それから少し表情を緩めると、

「いっちゃん、一緒に餃子作ってたべませんか?」

と言った。

「餃子?」

「楽しいですよ」

「ワイン持ってきたのに」

「赤ワイン?」

「うん。ちょっと軽めのさっぱりしたやつ」

「だったら合いますよ。すごく合うよ、餃子にワインって」

魚住のマンションはこざっぱりと片付いていた。きれいにしてるね、と井手が言うと、慰謝料代わりにもらいました、と答えた。昔は散らかしてたんですけど、旦那と喧嘩するたびに自棄《やけ》になって物を捨ててたらこうなりました、と魚住は言った。

大した会話もなく紅茶を飲んだ。そのうち魚住は「じゃあはじめますね」と言って、キッチンでネギやニラを刻み始めた。井手はなんとなく部屋のなかを眺めていた。

ほどなく魚住は野菜と挽肉そして餃子の皮とスプーンをもってきた。

ボウルの中で挽肉と野菜を混ぜ合わせ、ダイニングに向かい合ってお互いの近況や実家のことなどを話しながら餃子を包んでいると、小学校の時間に戻ったような気がした。井手は餃子を作ったことがない。家で自炊を全くしないわけではないが、一人だし、簡単な炒め物やパスタくらいしか作らない。見よう見まねでタネをスプーンにとり、餃子の皮にのせてへりに水をつけてたたんでいると、

「いっちゃん、その包み方じゃ開いちゃいます」

と言われた。

「えー、どうすればいいの？」

たしかに魚住が手早く包んだ餃子は全部同じ形をしているのだが、井手の餃子はひとつひとつが違う形になってしまう。だが、やり方がどう違うのかわからない。

「焼く分には大丈夫かな。私の分を水餃子にしますね」

井手の失敗作を二つ三つ手にとってさっと直してから魚住はにっこりした。

「水餃子も作るの？」

「せっかくですから。あ、冷蔵庫のビールは勝手に出してください」

洗面所で手を洗い、「じゃあお先にいただきます」と缶ビールを開けると、じきに餃子の焼ける匂いと、フライパンに入れた水が活発にはぜる音がしてきた。

「いいにおい」

井手は魚住の背中ごしに言った。

「餃子って焼いてるとあんまり匂いとか感じないです。待ってる方がいい匂いしますよね」

プロではないひとの作る料理はいいなあ、心地いいなあと思う。

餃子はぱりっと焼けていた。タコと青梗菜《チンゲンサイ》の炒め物はニンニクが効いていて食欲をそそった。それにカニサラダとカブの漬け物が出た。水餃子を器によそって食べはじめる頃にはワインも半分以上があいて、ごく自然に落ち着いて話す雰囲気ができていた。

「魚住が料理こんなに出来るって知らなかった。やっぱり結婚してたから？」

「ヒマだからですよ」

「いつ頃離婚したの?」

「去年の秋ですね」

「大変だったでしょ」

「手続き自体はたいしたことなかったです。でも、はっきり言ってもうどうにもならなくなりました」

「いい人そうだったのに。経済力もあるし。見た目じゃわかんないんだね」

魚住は一瞬だけ強い目をして言った。

「あの鬼畜……」

「珍しいね、魚住がそんなふうに言うの」

「浮気したからつまみ出したんです」

「なんでそんな鬼畜と結婚したの?」

「あれ?　言ったと思いますけど」

「ごめん覚えてない」

「空き巣に入られて、それから一人暮らしが怖くなっちゃったんですよ。たまたまそのとき手近にいたんで、とりあえず一緒に住み始めて、それで籍も入れるかってことになって」

「思い出した」

　空き巣に入られて、盗《と》られたのはたった三千円だったのに魚住はかつて見たことがないほどおびえた。普段コミュニケーションについては非常に淡泊な魚住が二日おきくらいに電話してきた時期があった。あれから結婚までそんなに時間は経っていなかったのか。

「今は怖くないの？」

「特に怖くないです。仕事から帰ってきたらパソコン見てるだけだし」

　井手はリビングの隅のデスクに置かれた驚くほど大きなディスプレイを見て、ため息をついた。

「ねえ、魚住は子供欲しいって思わなかった？　作っとけばよかったとか」

「作るもなにも、そもそもレスでしたから」

「レスって？」

「セックスレスですよ、最近は多いらしいですよね」

　他人事のように魚住は言った。井手は、他人の生々しい話をあまり聞きたくなかったのでそのくらいがちょうど良かった。

　そうなんだ、と井手は思った。あんなに結婚式のとき照れくさそうに、幸せそうにしていたのにそうなんだ。

「今でもゲームとかやってるの？」

「ネトゲはもうやめました。今は強震モニタばっかりです」

「なにそれ？」

「地震計の揺れを配信してるやつ。見ます？」

魚住はスリープしていた27インチディスプレイのところに行って、NIEDというマークのついた黒い画面を立ち上げた。そこには、グレーの日本地図が四つ並んでいて、びっしりと張り巡らされた青の点の上に黄緑の点が点滅していた。地図の下にはなにやらグラフのようなものもある。

「これが強震モニタです。点灯してるのは地震計のデータなんです。下のはMeSOっていいます」

「なんで地図が四つあるの」

「地表と地中があるからです。それぞれに最大加速度とリアルタイム震度っていうのがあるから」

井手には、魚住が何をそんなに夢中になって見ているのか、これがネトゲより面白いのかどうか、さっぱりわからない。

「四つもあってどこ見るの？」

「全部です。日中の生活振動とかでわかりにくいときは地中です。でも夜とか、静穏なときは地表の加速度だけ見てますね」

井手は地図にうごめく光を見つめて言った。

「日本の地図って虫みたいだね。蛍光色で光る虫っていたよね」

「蛍のこと?」

「ううん、飛ぶんじゃなくて蚕《かいこ》みたいな、芋虫みたいなの」

「え、知らない。そんなのいます?」

「いるいる、なんだっけ電車みたいな名前の」

変なこと知ってますねえと言いながら、魚住はキーワードをいくつも変え、すばやく検索画面を二つ三つ広げて、「これかな」と言った。

「鉄道虫。ホタルモドキ科」

イモムシの身体の側面が一列の蛍光色の黄緑に光っている写真だった。

「そうこれ。昔雑誌で見たの。南米かどっかだよね」

「うん。ブラジルだって」

「似てるよね」

「日本列島を虫に喩《たと》えるひとなんて初めて見ましたよ」

魚住は笑ってデスクトップを強震モニタの全画面表示に切り替えた。

「きれいだね。ちょっとイルミネーションみたい」

「きれいって言うより見やすいって言った方が問題ないかと」

「不謹慎だから？」

「そうは言わないですけど」

「あ、今黄色い点があった！」

「一点だけだと誤差みたいなもんです。地震じゃないですよ」

「そうなんだ。ほんとの地震だとどうなるの？」

「まとめて色が変わります。今は黄緑の点もばらけてますけど、地震のときはその地域全体が同じ色になります。オレンジとか赤とかになるとかなり強いです」

「ふーん」

「で、何がすごいかって言うと、普段二秒おきで更新されてきれぎれになってる時間が繋がるんですよ。三十秒も四十秒も、それはもうね、息が止まるような感じなんです」

「時間が繋がる？」

そう言われてもイメージがわかない。

「３１１のときのYouTubeの動画見せます。五倍速だからわかりやすいです」

魚住はそう言ってブックマークを開いた。それは、さっきまでの画面とは異なっていて白い背景にグレーの日本列島が一つだけ表示されている動画だった。

最初の数秒は単調な紺色の点灯が続いた。

「こっちの方が見にくいね」

「でも元祖はこっちなんです」

ぽつぽつとした紺色の点の動きに変化があったのはやはり宮城県からで、海から黄色く染まったかと思うとそれは火のように燃え移っていった。紺色の点は緑になり、それを黄色の波がおしのけるように広がっていく。赤とオレンジの点はほぼ同時に発生し、しばらく東北地方を占拠していたが、いよいよその赤い炎は関東まで達してどうにもならない、
日本が焼ける、と井手は思った。

北海道と関西までが黄色、九州までが緑の点に覆われ、動画再生は終了した。

「ここまでで1分19秒です。もう一度見ますか？」

「ううん、いい」

魚住は画面を再びリアルタイムに戻した。

「今のところ静穏ですね。でも今日は岐阜が揺れたからちょっと心配はしてるんですけど」

「魚住、いつから日本の警備するようになったの」

「ただ見てるだけなんですけどね」

「じゃあ、地震の予想するの？」

「予想？」

魚住の声がひっくり返った。

「予想なんてそんなことしませんよ。できません誰にも」

「じゃあなんで」

「いっちゃん、三年生のときヒヤシンスの水栽培やりましたよね」

「小学校だよね？」

「ええ、それで毎日見てるけど別に花が何月何日に咲くなんて予想しなかったでしょう？　いつか咲くけどいつ咲くかはわからない、そんなもんでしょう？」

「覚えてない、ヒヤシンスは覚えてるけど何考えたかまでは」

「なんだ覚えてないんですか。咲いちゃうとヒヤシンスはつまんなかったんです。頭でっかちでみっともない」

「ごめん、魚住の言ってること、三分の一もわかってないと思う」

「それはこちらの説明が悪いんです。でもね、もし今大きいのが来たら、いっちゃんがここに来たことだって全部意味変わるんですよ。今日じゃなくても、明日でも、明後日でも、全部意味って変わります」

「うん。それはわかる。結構ニュースとかでも言ってるよね、また大きいのが来るかもって」

「だからね、毎日が震災前なんですよ」

「そんなに地震のことばっかり考えてやんならない？　ふつうだったら、もうしばらく忘れてたいよ」

「もうふつうなんてなくなっちゃったんです。いっちゃんと一緒に学校行ってたときのふつうと今のふつう、違うでしょ。ふつうがあったのはせいぜい十年くらい前までじゃないですか。今現在、五年後のふつうなんて想像できます？　できないでしょ」

もとから、魚住にとってふつうなんてことがあったのだろうか、と井手は思う。魚住にとって世の中のものは、無か夢中しかないのではないか。

「魚住、なにがそんなに誇らしいの？」

「そういうわけじゃないですけど」

「大きい地震見たいって思う？　モニタ見てるとき」

「思いませんよ。大きいのが来ないように祈ってます。M２・５とかM３とかリアルタイムで、銚子が揺れてるとか茨城が揺れてるとか見るだけです」

「エムなに？」

「あ、マグニチュードですよ。実際の震度は直下とか海底型とか震源の深さによっても違いますけどM2とかは有感地震じゃないことが多いです。M5になるとちょっとひやっとしますよね」

「M5って震度いくつくらい」

「うん、それが条件によって全然違うんですけど、震度3とか、たまに4とか」

「もしも今、N…湾に地震が来て津波起きたら魚住はどうするの？」

「多分、最後までモニタ見てるんじゃないかな」

「ねえ、五年後でも十年後でもそうやって画面見てるの？」

「さすがに飽きるかもしれませんね。でもその前に来ますよ。大きいのが」


井手が皿を洗っていると風呂がわいたと呼ばれた。風呂から出てくると、リビングに面した和室の襖《ふすま》が開いていた。魚住はパソコンに向かったまま言った。

「いっちゃん、お布団敷いときましたから、そこの部屋で寝てください」

「ごはんいただいて、お風呂いただいて、お布団敷いてあって、ありがたいなあ」

「どういたしまして」

身の回りのものをまとめ、和室に足を踏み入れて井手は驚いた。六畳間はまるで倉庫だった。おそらく魚住自身が組み立てたと思われるステンレスのラックが壁沿いにずらりと並んでいる。窓の下にも小さなラックがあってそこにさまざまな物が押し込まれている。

「これって、防災グッズ?」

「水と食糧が殆《ほとん》どです。あとは靴とか軍手とか簡易トイレとかいろいろありますけど」

最後までモニタを見守ると言ったくせにしっかり貯えている。

しかし井手が気にしたのはラックの中身よりもラックの安定性のことだった。

「ねえ、もし今夜地震あったら、私下敷きになるよ」

「あ」

それは考えてなかった、という顔を魚住はした。井手は笑って、おやすみと言って襖を閉めた。

魚住は、頼るひとがいないから完璧な備蓄をしようと思うのだろうか。自分はそのときになったら誰を頼るのだろう。恋人か、それとも魚住を頼るのか。だが都心からここまで来るのは難しいだろう。恋人が住んでいるのは川口だから、もしも自分の部屋に住めない状況になったら、都心の避難所に身を寄せるしかないだろう。

そうなりたくはないが、そうなるのだろう。

ワインの酔いは心地よくまわっているのに、なかなか寝付くことができなかった。消費税が不安だという話をするのを忘れたと思った。だが今から起きてそんな話をするには遅すぎた。

寝返りを打って井手はさっき魚住と話したことを思い出す。自分には何もない。三十代までは楽しかったけど、今となってはそれが本当だったのか楽しいふりをしていたのかわからなかった、と井手は魚住に言った。

「いっちゃんは素朴だからいいんです」

井手はこれまで、ひとから素朴などと言われたことがなかった。

「それに美人って本当にいいことなんですよ。今だってミスコンたくさん取ったのわかります。美人はみんなに好かれます」

私なんてもう腐れミスだ、と井手は思っている。

若いころ、美しいことは才能だと思っていた。だが、一度も美しくなかった魚住のあまりにも変わらぬ姿を見て、そのツケを払わないで済むことがうらやましいと井手は思う。

美しいということは、とても面倒なことでもあった。

「ちょっと美人だからってうぬぼれて」

と、悪口を言われないように、早くから井手は気をつけていた。自己主張をせず、目立たないように静かに笑うようにしていた。

人は僻《ひが》む。見えないところで、レーダーに映らないステルス戦闘機のように僻む。だから、僻みというものをまったく知らないような顔をして躱《かわ》さなければならない。見てくれだけで寄ってくる男性はたくさんいた。そうではない、ほんとうにくつろげそうな相手から「自分とは釣り合わない」と遠ざけられることもあった。

やがて井手が必死で維持している美しさよりも、若い女性の魅力が勝る年頃になり、井手は楽になるはずだった。

だが、楽にはならなかった。残ったのは自己嫌悪だけだった。

私なんかほんとに面の皮一枚だ、と井手は思う。アンチエイジングという利子だけ払っていれば美しさの元本が保証される、そんなことを平気で考えていた。身体にいい食べ物とか適度な運動とか美白とか、或いは大人のふるまいとか気遣いとか品のいいしゃべり方とか、なにもかもうすっぺらだ。中身がない。あさましい。

もしも今、襖を開けて魚住に向かってすべてをぶちまければ、彼女は、

「あさましくなんかありませんよ」

と、言うだろう。

井手は泣きたくなった。魚住の前でわんわん泣きたかった。鼻水をたらし、しゃべれなくなるほど泣きたかった。

魚住は否定をしない。

恋の悩みであろうが親戚の悪口であろうがなんだろうが、魚住は否定しない。筋が通っていようがいまいが、魚住にはわからないのだ。

井手が泣けばどんな状況であろうと魚住はびっくりするだろう。口を半開きにして見守るだろう。

もちろん魚住には内側というものがある。知り合いには決して開かれていないのにところどころネット上には開いているらしき内側がある。だが、幼なじみの井手に向かって開かれたドアのなかに井手は空虚しか感じ取ることができない。自分が甘える以外につき合い方を知らない。

井手は起き上がって襖を開けた。

「あ、まだ起きてました？」

魚住は言った。

「ひょっとしてまだ飲み足りないとか？」

「それはないよ。ねえ、ちょっと聞きたいことあるんだけど」

「なんですか」

「私たちって最初どうして仲良くなったんだっけ？」

初めて魚住と同じクラスになったのは小学校三年のときだが、当初、井手は何人かのグループのなかにいて、そこに魚住はいなかったように記憶している。どうして話しかけたのか、井手は覚えていない。

「やだなあいっちゃん、純一のこと忘れちゃったんですか」

「誰？　なに純一？」

「長内《おさない》純一ですよ。いっちゃんの初恋のひとですよ」

「うそ」

確かにそんな子がいたような気がする。けれども顔はさっぱり思い出せない。仲が良かったのかどうかも覚えていない。

「私幼稚園から純一とは一緒だったんですけど。いっちゃんが自分の誕生日会にどうしても招《よ》びたいって言って、それで私に声かけてくれたんですよ」

「えー、そうだったんだ？　そのあとどうなったんだろ」

「純一はお父さんの転勤で九州行っちゃいました。あいつ、いっちゃんのこと覚えてると思いますけどね。フェイスブックで探してみたら？」

「だって子供の頃と違うでしょ。いいよ、思い出してみる。寝ちゃうかもしれないけれど」

魚住はふっと笑った。

井手は布団に潜り込み、今までに好きになった男たちを順番に思い出してみた。最初はその長内くんというひとなのだろう。それから中学のバスケ部の森くん、それから中三のときの高橋くん……もうみんなオッサンなんだろうなあ。

それはダメ男の歴史だった。ダメ男の走馬燈だった。かれらは井手の見てくれだけにひかれて飛んできた。だがつき合うと羽虫のように弱かった。数カ月、数年間好きになることはあっても、ほんとうに信頼できる相手ではなかった。結婚を考えるような相手はひとりもいなかった。

動機が不純だからダメなんだ。

そして自分だってそうだった。彼氏がいないことは恥ずかしい、かっこわるいことだと思っていた。そこそこの人が横にいればいいと思っていた。多少だめであろうが威張っていようが井手は静かに笑っていた。飽きるまでは笑っていることができた。

駄馬の群れに半ば失望し、半ば呆れながら走馬燈を眺めていれば、なかには人とは違った美点を持つ馬もいてはっとする。このひとは忘れていて申し訳なかった、惜しかったと思う。将棋の駒で言えば桂馬みたいなひとだった。桂馬の動かし方は難しい。だからうまくつき合えなかったがその彼だけは惜しかった。顔は思い出せる。声も思い出せる。年は二年上だった、だが井手にはもう桂馬の男の名前が思い出せない。

いまの六歳上の恋人だけは走馬燈に入れるまい、と井手は思った。この駄馬の群れにカテゴライズしてしまったら、思い出すことはあっても、もう新しく話すことなんてなにもなくなってしまう気がした。もう少しだけ、と井手は思った。もう少しだけ大事にしてみたい。

井手は布団から這い出して、音をたてないように襖をそっと開けてみた。声をかけるつもりはなかった。もう愚痴をもらす気もなかった。

魚住はまだモニタを監視している。

葬式とオーロラ

一体何時間経ったのか感覚を失うほど巽《たつみ》は走り続けてきたのだった。変化といえばときに霧が出たり、トンネルがあったり、ゆるい勾配をアクセルで受け止めていることを感じるくらいだった。メーターはきっちり80km／hを指していたがスピード感はなかった。

雪は激しく降るときもあればぴたりとやむときもあった。ハイウェイの外の景色はほとんどなにも見えなかった。ずいぶん前に急勾配の屋根と高い基礎を持つ家がぱらぱらと見えたのが最後で、そのあとは田畑なのか山なのか川沿いなのか街を通り過ぎたのか、さっぱりわからなかった。

フェンスと中央分離帯は着雪で巨大な雪の壁と化していたが、壁に挟まれた車線は除雪してあり、走行に不安はなかった。ときに風に煽られた粉雪がアスファルトの上を液体のように流れ、巻きあげられるのに巽は見とれた。いたるところに「雪くずれ注意」という警告が出ていた。漢字にすると雪崩《なだれ》になってしまうから「雪くずれ」と書くのだろうか。

インターチェンジの名前と距離を示す看板は一番上、つまり最寄りのもの以外は完全に雪に埋もれていたから、あとどのくらい走ればいいのか、余計わからなくなるのだった。


家を出てまだ三時間しかたっていないとはとても思えない。

「ねえ、ほんとに行くの?」

パジャマ姿でコーヒーを淹《い》れながら妻が言った。

「だって葬式だから」

「こう言っちゃなんだけど、その先生はもういないわけでしょ」

「葬式ってそういうもんだろ」

「なんの先生だったの」

「理科、小学校の」

「へえ、理科なんて苦手だと思ってた」

「高校でも生物と地学は得意だったよ」

「数学のいらないやつね」

礼服を着ながら、ずいぶん長いこと体形が変わってないんだなと思う。黒ネクタイはポケットに入れた。コートを持ってリビングまで出てきてアレを忘れたと思ったが、どうしてもアレの名前が出てこない。

「あのさ、香典入れるやつ、アレどこしまった」

「祝儀袋なら昨日出しといたけど」

「祝儀じゃなくて香典袋。で、おれが探してるのはその香典袋を包むやつ、ほら紫の」

「ああ、えーとなんて言うんだっけ。ちょっと待って」

巽は玄関に行って靴を出した。すぐに妻があとを追ってきて、

「ふくさ」と言って差し出した。

「ああ、ふくさだった」

「私のバッグに入ってた」

玄関で妻と向かい合いながら、手ぶらで一泊の旅に出ることが、ひどく奇妙なことに思われた。

「明日は朝一で出るから、昼過ぎかな帰るのは」

「ゆっくりしてきていいのに」

「いや。何か帰りに買うものあれば寄るけど」

「今はいい。思いついたらメールするね」

気をつけて、という声とともにドアが閉まった。

小学校高学年の頃、巽が休み時間にいたのは理科室の岩石見本の前だった。岩石なのに金属のにおいがするのが不思議だった。さまざまな色の粒が入った花崗岩、まるい石ころがいくつも入ったセメントのような礫《れき》岩、見るからに堅そうな玄武岩、ぼんやりした色の砂岩、地味な色の安山岩や泥岩。巽はケーキ屋のショーケースの前にいるような気分で見つめ、それから岩石を一つ一つ手にのせた。冷たく感じるものも、あまり温度を感じないものもあった。右手の指の腹でなでて手触りを確かめ、またひとつずつ棚に戻した。

そんな日々が続いて理科の担当教諭であった安西先生と言葉を交わすようになった。巽にはクラスの担任と折り合いが悪いことを告げる発想もなかったし、友達がいないことさえ重大なこととは認識していなかったが、先生は知っていたのかもしれない。目立つことも悪いこともしないのに、たびたび担任から態度が悪いと叱られて、巽はどう反応していいのかわからなかった。クラスの連中にならバカにされてもいい、少しくらい傷ついたっていいと思ったが案外そういうことはなかった。同級生は敵でも味方でもなく、親しく口をきくこともなかった。

巽がくさらずに小学校に通えたのは安西先生のおかげだと思う。面白い本を貸してくれたり、金魚の飼い方の相談にのってくれたり、歴史はさかさまに勉強するのだと教えてくれたりした。

印象に強く残る言葉があった。どういうわけかそのときは、面談のように向かい合って座っていた。先生は巽に、

「人間の努力は必ず報われる」

と言った。

多分それが、生まれて初めて覚えた反発だった。

そんなわけあるかと思った。努力が報われないのが世の中であって、だからみんな苦労するのだ。努力しなくても報われる奴がいっぱいいて、だから嫌な気分になるのだ。巽は強い気持ちを感じたが、それを言葉であらわすことができなかった。

ほかのことを忘れても、努力の件だけはいつまでたっても覚えていた。巽は大人になっても「努力」という言葉が嫌いだった。努力が報われるのだったら、ストーカーなんてものすごい努力してるぞ。そうじゃないだろう。それに報われるとか報われないとか、そういう勝ち負けみたいなもんじゃないだろう。

だが最近になって先生の言うことにも一理あるような気がしてきたのだ。

外に向かっての努力や、外からの決定や評価を求める努力は得てして報われない。しかし勝ち負けを放棄して内向きになったとき、自分のための努力は実るんじゃないか。自分自身を認められるんじゃないか。経験値になるんじゃないか。意外なところ

で生きてくる、それが報われるという言葉の意味なんじゃないか。

雪の壁に挟まれた慣れない道に飽きて、巽は名前も知らないパーキングエリアに車を停めた。エリア内にも除雪した雪の山が散在し、その山を掘れば巨大なかまくらができそうだった。サービスエリアではないから駐車場は狭くて、巽の車のほかには普通車が一台とトラックが二台停まっているだけだった。

建物に入るとメガネが曇った。スナックコーナーへ行き、裸眼《らがん》で食券を買って、メガネを拭いているうちにかき揚げうどんは出てきた。

手近なところに座って、巽はなにか読むものを探した。ひとりのときは食事をしながらものを読むのが習慣だった。文字さえ書いてあれば新聞でもチラシでもなんでもかまわない。ニスでてかてかした集成材のテーブルの中央に細長いパンフレットが入ったケースがあった。それに手を伸ばすと、斜め向かいの女性と目が合った。やはりかき揚げうどんを食べていた。

「お疲れ様です」

彼女は言った。まるで知り合いのような口調だった。

「それ、面白いですよ。スタンプラリー。私もやってます」

巽は曖昧《あいまい》にうなずいてみせた。私もやってますと言われても知らないひとなのだ。

かれは、相手との距離が近い人間が苦手だった。広い会議室でも無理に椅子を寄せてくるような人間、話すときに異様なほど顔を近づける人間が苦手だった。巽は巽の距離感を取り戻そうとして後退し、すると相手はますます前進して距離を縮めるのだった。

かれはまた、活発そうな女性も苦手だった。世代が異なればまだ別の生物として対応するなり意識から排除するなりできるが、厄介なのが同じ三十歳前後の、元気を売り物にしているような女性たちだった。彼女たちは人を傷つけることを躊躇《ちゅうちょ》しない。巽のひっそりと傷つきたいという気持ちは、彼女たちの白熱灯のような笑いの下に照らし出されてしまう。目の前にいる緑のジャンパーを着た女性はちょうどそういったタイプに見えた。

パンフレットには「冬の大感謝スタンプラリー」と書かれていた。広げると付近一帯のサービスエリアとパーキングエリアのマップが描かれていて、一部分がスタンプ台紙になっていた。各エリアのショッピングコーナーでスタンプを押してもらい、裏面の希望商品を書き込んで抽選に応募する。スタンプの数が多ければ豪華な賞品を選択できるというもので、締め切りは来週までだった。

各駅停車で行けばたまるな。

しかし巽は葬式に行くわけだから、そんなまだるっこしいことをしているわけにもいかない。巽だけではなく多くのひとが道を急ぐためにハイウェイを使っているのだから、この企画はある意味ナンセンスとも考えられるし、頻繁にハイウェイを使う営業マンやトラッカーなどの常連向きともいえた。

「それじゃ、お先に」

ジャンパーの女が言った。巽は座ったまま身をひいて口の動きだけで「どうも」と言った。

車に乗り込んでから巽は、女一人でこんなところを走ってるのか、と思った。こんな色もない、時間もないような場所を。

先生の通夜は午後七時からだった。時間は十分にあった。しかし距離もまた十分にあるのだった。

先月来たばかりだったのだ。比較的大きな商談が先生の住む町から三十キロばかり離れた県庁所在地であったため、翌日時間があったら、と連絡すると、夜になって奥さんから体調を崩して入院中だという電話があった。大したことはないし、退屈してるから寄ってくれたら喜ぶわ、と奥さんに言われたので見舞いに行ったのだった。先生はそれほどやつれたふうでもなく、少し声が細くなったなと思うくらいで、奥さんの言うとおり大したことはなさそうだった。先生の近況を聞いて巽も仕事や家族の話をして、あとは大部屋のほかのひとへの遠慮もあって早めに帰ってきた。まさかその後敗血症を起こして亡くなるなんて思ってもみなかったのだ。

路面には実に多彩な表情があるのだということを巽は知った。

追い越し車線は砂糖をまぶしたように白く、轍《わだち》は透き通るように見えた。そうかと思えば夏タイヤで走れそうな水はけのいい舗装の場所もあった。車線の間がシャーベット状になっていて、インターから入ってきた低速車を避けるために車線を変えた巽は、一瞬車が浮いたように感じてはっとした。

人間はどれだけ人間のことをわかっているのだろう。

生まれた原因なんていうのは決まりきっているが、死因というのは実にさまざまで、自分が何で死ぬかなんて誰も知らない。

だからというわけではないが、巽はタバコをやめない。もちろん妻はいい顔をしない。先日妻は「タバコをやめるだけで一二〇〇〇人が死から救われる」という新聞記事を突きつけた。巽は笑った。

「この一二〇〇〇人はそのあとどうやって死ぬんだろうね。ほかの癌か、ほかの心臓病か、自殺か、交通事故か、アルツハイマーで衰弱して死ぬのかね。布団で寝たまま大往生なんて何パーセントいるんだろう、きっとほとんどいないぜ。だいたい君はいくつまで生きてたいの？　百？　九十五？　それとも九十？　おれはいやだね」

「どうしてそういう言い方するの？　私あなたのそういうとこ嫌い」と妻は言った。

「死因の話してるんだ、好き嫌いのことじゃない」

「だって家族としては、いつまでも長生きしてほしいじゃない」

「悲惨な長生きでもいいのかな」

もういい、と妻は言って台所に入り背を向けてしまった。

もしも余命一年と言われたらショックだろう。余命が五年でも動揺するだろう。だが余命があと五十年あると言われたらどうか。五十年も何やって生きるんだ。おれはいやだ。あと十年くらいでいい。

子供がいるひとは違う。子供の七五三とか受験とか成人式とか、それが過ぎれば結婚とか孫とか孫の七五三とか、そういう誰もが知っている駅を目指して生きていく。

だがおれみたいに子供がいない家庭だと、親だけ見送ればそれでいいやと思う。知らない場所を何百キロ、何千キロも、一度も知っている駅に停まらずに走っていくと考えただけで疲れる。

ちょうどこんな雪の高速みたいな。

前の乗用車がウィンカーを出したので、そのままついてサービスエリアに入った。トイレから出て駐車場を見ると、前のパーキングエリアで見たのと同じ4tトラックが停まっていた。荷室が緑色に塗装され、LS技研と書かれている。その緑があの女性のジャンパーと同じ色だと気がついたのは建物に入って再びメガネを曇らせてからだった。

自販機の前で巽がなにを買おうかと迷っていると、彼女がすぐ横に立っていた。

「スタンプ押しました？」

相変わらず距離が近くていやだな、と思う。

「まだふたつ目」

巽が答えると女は、

「私四つ。帰りにあと四つ押せるかなあ」

「欲しい賞品とかって、あるんですか」

やっと自分から会話らしい言葉が出た。

「これが当たったら嬉しいなと思って」

彼女は応募券を取り出して、ネイルをしていない指先で「黒毛和牛しゃぶしゃぶセット」を指さした。巽は答えずにブラックコーヒーを買った。

「私ジャンボシュウマイ食べるけど、なんか食べるんだったら一緒に買ってきてあげるよ」

　彼女は言った。

「ジャンボシュウマイ?」

「ここの、美味しいんですよ」

「じゃあ同じので。あとで金払います」

　かき揚げうどんにジャンボシュウマイかよ、おっさんみたいな女だな、巽はちょっと可笑しくなった。

　だが戻ってきた彼女が座ろうとしたとき、シュウマイのにおいの前に髪から紫色の花のにおいが香った。


「雪道って疲れるよね」

　彼女は言った。

「思ったより疲れました。あの緑のトラックですか」

「ええ。私オーロラを運んでるの」

　巽は息をのんだ。

「オーロラってあのオーロラ」

「簡単に言うとオーロラを筒型のガラスに密封してるんです」

「瓶に入ってるの？」

「瓶というか、太い試験管みたいな感じ。もちろん、ちょっと大げさな機械があって、それ操作して電気を通して圧をかけてやらないと発生しないですけどね」

「じゃあその機械と試験管運んでるんだ？　でも一人で大変だね」

「搬入と設置は現地のイベントスタッフの手を借りますけど、操作自体は一人でできるんです」

「どこで上映するの？」

「上映っていうか、人工ではあるけれど一応本物だから発生装置なんですよ。冬の夜のイベントで最近よく呼ばれるようになりました」

彼女はJ…市のイベントが今夜八時からなのだと言った。多分三時頃には着くからそこから設営して。雪がやんでるといいんだけど。

「危険はないんですか」

「危険物指定です。取り扱いによってはかなり危ないですよ、下手したら電子レンジで焼き殺されるようなことになります。だから技研で責任持って配送して管理しないといけないんです」

「大変だね」

「仕事ですから。それに楽しいですよ」

密封したオーロラか。

だが、彼女はもう立ち上がりかけていた。

「お葬式なのにスタンプラリーなんか誘っちゃってすみませんでした」

なぜ知っているのかと驚いてすぐに、ああ礼服か、と思う。

「いやそれは別にいいんだけど。身内ってわけじゃないし」

「どこまでですか」

「M…市まで」

「それならキタグニハイウェイも通りますね」

「そうだけど」

「複数の経路を通ったら当選確率があがるんですよ、ほらここに書いてある」

「帰りは明日？」

「ええ。今夜は終わったら温泉に泊まってゆっくり」

「ぼくはお通夜だけ出て、ビジネスだけど一泊して明日、帰ります」

また帰りに会えるかもね、と彼女は言ってスタンプラリーの紙をひらひらさせた。

J…市を過ぎてジャンクションからキタグニハイウェイに入り、二十分ほど走ってやっとM…インターに着いた。

インターを下りて国道を右へ行けば、先月巽が出張した県庁所在地であり、左に行けば先生の住んだM…市となる。インターからセレモニーホールまでは、かなりの距離があったが道筋は単純だった。要するに町外れの斎場ってことなのかと巽は思った。電光掲示板に「安西家」と書かれていて、風情はないがわかりやすい式場だった。駐車場はきれいに除雪されていた。

受付を済ませた巽があたりを見回していると、先生の奥さんと目が合った。奥さんは着物を着ていた。こういうときに「いそいそ」という言葉を使ってはいけないのかもしれないと巽は思ったがそんな足取りで近づいてきた。

「巽くん、わざわざ」

「このたびはまことに……」

形式張った挨拶がぶつかり合い、奥さんは表情を崩して、

「まあどうぞコーヒーでも、コーヒーでも」

と言った。

奥さんは喪主である息子に声をかけ、三十代の半ばだろうか、当時の先生と同じくらいの年の息子が巽に丁寧に挨拶した。

不思議なことに、先生の息子よりも奥さんの方が、先生に似ていた。息子の方が自分と年も近いのにまるっきり他人という気がした。

ロビーで近所の人たちから浮くのを避けて、巽は小ホールに入った。親族は既に着席していた。息子の勤務先だろうか、いくつかの企業からの花、それに地元の団体からの花が並んでいた。遺影は随分若いときのものらしく、先月会った先生よりも肌がつやつやしている。いい笑顔だと思った。

巽の後ろに座った老人がずっと二人で話していた。少し耳が遠いのか、こういう場所なのに声をひそめるでもない。

「坊主は、オヤジの方が来るのかね、それともセガレが来るのかね」

「オヤジの方らしい。さっき娘が迎えに行ったよ」

「いい加減隠居してもいいだろうに」

「それがなかなか」

「セガレは二人目の奥さんの子だったかね」

「たしかそうだよ。先妻の子は女だったから」

「先生はしかし村長派だったのかね、それとも前職の方がよかったのかね」

「さあねえ、今更聞いてみるわけにもいかないしねえ」

「あんまり言わないひとだったね」

「そういうひとだった。しかしあのひとは一体なんの先生だったのかね」

「さあわからん。巨人ファンっていうのは有名だったが」

よほど振り向いて、小学校の理科の教諭です、それともう少し静かにしてもらえませんか、と言いたかったが、案外ここでの先生はこういうひとたちに囲まれて、にこにこしていたのかもしれないと思い、慎んだ。

やがてしみじみとしてはいるが軽い音質のBGMとともに入場を促《うなが》すアナウンスが流れ、幾人かが入ってきて巽の後ろに座ったようだった。

さびしい葬儀は淡々とすすんだ。何通かの弔電が読まれ、老人会の会長が弔辞を述べ、先生の息子が、真面目で穏やかだった先生の生涯を短く振り返り参列者に頭を下げた。

読経に合わせて慌ただしくひとびとが立ち上がり、焼香にすすみはじめた。親族に一礼するはずがどうかすると隣席同士だった赤の他人が頭を下げ合ったり、出口を間違えてぶつかりあう。滑稽だといつも思う。

奥さんは、泣き崩れる近所の婦人につかまっていたので巽は一礼してロビーに出た。喫煙所でタバコを吸っていると、さっきの二人組が来て、しめやかでいい式だった、このくらいこぢんまりしてる方がいいね、などとまた勝手な論議を始めた。背の低い方が白髪で、背の高い方が禿げている。もう少し待ってみたが奥さんと挨拶できそうにもなかったので巽は帰ることにした。

巽は新雪に覆われた道をM…市中心部に引き返した。タイヤが雪を踏んでいるという実感がはじめてあった。

ビジネスホテルにチェックインして、ネクタイだけ取るとホテルから出て歩いた。冷え込んでいた。雪が空気を冷やしているのだと思った。近くの赤提灯に客はそれなりに入っていたが大きな声で笑うものもおらず、なんだかひっそりとしていた。四十がらみの女性客も夫婦連れも、悩みや悲しみで集《つど》っているのではなさそうだが、もとからが幸薄そうな顔つきをしていた。先生の息子にもそんな特徴がある。このあたりの顔つきなのかと巽は思った。あの老人たちが黙るのは遺影になるときだけかもしれないが、黙ってみたらさびしげな面影になるのかもしれない。

陰気な店で熱燗を飲みながら、ＬＳ技研のあの女性とここで出会ったならよかったのになと巽は思った。彼女はもう仕事を終えて温泉宿でゆっくりしているのだろうか。巽はオーロラを想像した。もちろんテレビでしか見たことがない。オーロラは雪明かりの広場を照らしたのだろうか、緑色のひかりだろうか、それとも濃いピンクだろうかと考えた。カーテンのように下りてくるのだろうか、それともいくつもの線が走るような感じなのだろうか。冬の真っ暗な空はどれだけ広く感じられたのか。光はゆっくりとフェイドアウトしていくものなのか。どうしてもっといろいろ聞かなかったんだろう。
見たことのない鮮やかな映像を想像しているうちに、疲れた身体にいつもより早く酔いがまわった。お茶漬けをすすってからホテルに戻り、ふらふらしながら礼服とワイシャツをハンガーにかけてシャワーを浴び、朝まで眠った。

翌朝も雪だった。チェックアウトして裏口から駐車場に出た巽は、雪の小山となった車の列を見て一瞬どの車が自分のものかわからなくなった。通路と出口は雪掻きしてあったが、それでも靴が濡れた。ずっと靴が濡れるのがいやだと思っていたがとうとうここで濡れた。フロントウィンドウには布団を広げたような雪が積もっていた。ワイパーを立てていなかったのは巽の車だけだった。手袋もなにもないから仕方なく素手でフロントウィンドウに降り積もった雪を落とした。冷たさはすぐに痛みに変わった。いまごろあのホールで告別式を待つ先生の棺はどんなに冷たいのだろうかと巽は思った。

インターからキタグニハイウェイに乗り、少し離れると町などどこにもなかったかのような景色がまた続くのだった。それは往路とほぼ同じで、そもそもこれが帰り道なのかそれとも逆方向に走っているのかわからないほどだった。

目の前を走っているのは、荷台に雪をいっぱいに積んだダンプだった。雪の下は砂だと思えば思えるのだが、もしかしたら除雪した雪だけを積んでいるのかもしれない。雪と砂の見分けがつかないというのもおかしな話だと思う。

キタグニハイウェイのパーキングではスタンプだけを押してすぐに車に戻った。J…市を少し過ぎたところのサービスエリアまで走って、とん汁定食を食べた。ここでもまたスタンプを押してもらった。彼女とは会わなかった。だが、彼女もきっととん汁定食を食べるはずだと巽は思った。

さらに三十キロくらい走って、またパーキングエリアに寄った。コーヒーを飲んで、ぐずぐず時間をつぶしたが、ＬＳ技研のトラックは来なかった。時間が早すぎたのか、それともずっと後ろを走っているのか。この長い道のどこかに彼女がいることは間違いないのだが、会うことができない。

雪は降り続け、ワイパーは単調に動いていた。ところどころ車線規制があり、除雪作業が行われていた。

雪はだんだんに巽の実感を奪っていった。

明日の今頃おれはまた白いオフィスで働いているんだろうけれど、この白さとその白さはまるでちがう。働いている自分も、これから帰宅してマンションにいる自分も、どうもうまく今の自分に添わないのだ。

あの子はほんとうにいたんだろうかと巽は思った。密封したオーロラなんてほんとうの話だったんだろうか。

おそらく今後二度と会わないひとが実在したかどうかなんて考えても仕方ない。だが二度と会わないということで言えば、オーロラを運んでいるというあの子よりも、葬式で後ろに座っていた二人組のじいさんたちのほうがよほど実感があった。

こんなことを考えていたら事故るぞ、と思った。なにかもっと、ひやりとすることを思い出さなければ、とりあえず次のサービスエリアに着くまで別のことを考えなければ。

巽は、オフィスの給湯スペースにある社員それぞれのマイカップを思い浮かべる。安っぽい食器棚のガラスの扉のなかに各自が持って来たマグカップが入っている。

そのなかに、どうしても気になるものがあった。木造校舎のイラストの上に校章がついていて「閉校記念」と書いてあった。そもそも閉校という悲しい言葉と記念という祝いの言葉にギャップがある。

巽はそれまで殆ど話したこともなかった同僚の女性に、

「あのマグカップはなんなんですか」

と、聞いた。

「あれ、貰《もら》い物なんです」

同僚はにっこり笑って答えた。

閉校記念のマグカップを人にあげてしまう人もどうかと思うし、それを会社に持ってくる彼女のセンスもどうかと思った。悲しくてあたたかくてしみじみとしたものが、雑然とした食器棚のなかに放り込まれている。商品名のロゴが入っているカップや、持ち主の趣味と明らかに合わないカップや、どこかのお土産のカップとともにある。巽はそれが悲しかった。社会とはこういうものだ、社会というのは胸が痛むものなのだと思ったが、同僚の女性は特別そのことについて考えている様子ではなかった。まさかそのときは「閉校記念」の同僚が妻になるなんて思いもしなかった。

体のあちこちに大きなこぶができたような疲れを感じた。

次のサービスエリアまで4キロの看板が出てきた。最低でもあと二つはスタンプを押したいと思った。スタンプを集めたところで特にほしいものもなかったが、自分が応募して落選することによってほかのひとが当選するのだと思った。巽はＬＳ技研のあの子に黒毛和牛しゃぶしゃぶセットが当たれば自分はそれでいいと思った。

ニイタカヤマノボレ

シマウマの夢をみるといやなことが起きる。

夢はいつも土埃からはじまる。展開は定かでないけれど、埃が消えたあとの風景にシマウマが出てくる。シマウマは一頭のこともあれば親子連れのこともある。数頭の群れで現れることもある。群れになると模様が混じり合ってとても見にくくてどこまでがひとつの個体かわからない。


M…地方には昔、巨大な鉄塔があった。全部で八基あった。祖母の家に向かう父の車のなかで、鉄塔の姿が見えてからそこに近づくまでに何十分もかかるほど大きかった。あたりは田んぼばかりだったから余計に大きく見えたのだと思う。

その立派な鉄塔はアメリカが建てたと思い込んでいたら、アメリカの施設だけど戦前の日本が建てたんだよ、と峰夫に言われた。ここから「ニイタカヤマノボレ一二〇八」を打電した、という説もある、とかれは言った。

「ニイタカヤマ？」

そんな山、どこにあっただろうと思いながら問い返した。

符牒《ふちょう》だと峰夫は言った。十二月八日に真珠湾を攻撃しろっていう連絡の暗号。鉄塔からラジオみたいに音を送ったのかと聞いたらモールス信号だと言った。ツー・トンというやつと説明されたが、さっぱりわからなかった。

ただそのときだけは鉄塔が不気味に思えたので覚えている。

峰夫が死んでから預言者の話を思い出した。きっと作り話だろうけれど、いつまでも気になる話ではあった。

峰夫が仕事をクビになって実家に戻ってきたときのことだ。自転車でぶらぶらしていたらそのおばさんに会ったと言う。最初は凧揚《たこあ》げでもしているのかと思ったそうだ。送電線があるのに危ないなあと思いながら峰夫が近づいていくとその青い服を着たおばさんは、足下《あしもと》のバッグから黒い音符を取り出して空に投げていた。空には送電線の五線譜があって預言者の投げた音符はソの音やミの音の場所にひっかかり、シッポをふって半回転する音符もあれば、「ん」にそっくりな休符に変わる音符もあった。それらは僅かな重みで送電線を揺らし、消えていったという。

楽譜つくってるんですか、と峰夫は聞いた。

おばさんは、未来の曲、と言った。

「未来？」

「あんまりいい未来じゃない。預言なんだよ、これは」

「預言ですか？」

峰夫はちょっといやな気持ちがしたと言った。

「いずれ、今のこの時代が一番よかったと思うようになる」

「それは、景気が悪くなるってこと？」

「経済も悪くなる。災厄にも見舞われる。貧困から心が乱れる。飢饉《ききん》が引き金となり戦《いくさ》の時代が来る」

「ふん、ちょっと考えられないな。預言の根拠はなんなんですか」

峰夫は必要なときには口もきかないくせに、必要ないことには執拗なくらい食い下がるたちだった。たまにそれで祖母の家の食卓は雰囲気が悪くなるのだった。

「どうしてかはわからないけれど結果だけが得られるから預言なんだよ」

おばさんは言った。

「ぼくの未来はどうなってます？」

「ろくな死に方はしないね」

あのおばさんは単なるおかしい人だったんだ、早く忘れた方がいいと思ったよ、峰夫はおもしろくもないのにげらげら笑って、そしてろくでもない死に方をした。

峰夫は母方の、上から二番目のいとこだった。O…市やN…市に出て働くこともあったが、大抵は祖母の家にいた。十歳も違うのにわたしとあまり変わらない、というか少し子供っぽい感じがした。大学生のときも中学生みたいだったし、結婚したっておかしくない歳になってもまだ学生みたいだった。就職しても、アルバイトをしても長続きしなかった。それは峰夫が悪いのだとみんな言っていたが、わたしにはよくわからなかった。祖母の家に行くと峰夫は部屋でギターを弾いたり、寝転がって本を読んだりしていた。いつも暇そうだった。みんな峰夫をもてあましているようだったが、わたしは峰夫といるのが楽しかった。遊びに行こうよと言えば家来みたいについてきた。遊ぶと言ってもその辺りをぶらぶら歩いて、本屋で立ち読みをして、コンビニで何か買うくらいしかなかったのだが。

峰夫が死ぬ前にもシマウマの夢を見た。シマウマはふつうのウマと違って可愛げがない。表情がわからない。正面から見たらシマウマの目は細かい枝にひっかかっているようで大変見づらい感じがするし、横顔を見ているときにシマウマは片方の目だけでこっちを見てるんだと思うのはあまり気持ちのいいものではない。なんというか、目のやり場に困る動物なのだ。

事件に巻き込まれたり自殺したりということはないと思ったが、三月の貯水池で溺死するというのは尋常なことではないから家族は警察にいろいろと事情を聞かれた。峰夫のことだから酔っ払って泳いだにちがいないとわたしは思っていた。ひとには言えないけれど峰夫の人生なんてそんなものだったのかもしれない。峰夫の葬式でわたしは泣かなかった。それから何年かたって震災が起きたので、みんな峰夫のことなんか忘れてしまったように見えた。

短大に入ったばかりのころ、中学校の同級生の鯖江《さばえ》君とアーケードで会った。久しぶりに会ったらすごくしゅっとしてるんで驚いた。家に帰る途中だと言ったら鯖江君は自転車を押して途中まで送ってくれた。N…市の私大に通ってることがわかった。それからメールするようになって、ごはんを食べに行ったり一緒にコンサート見に行ったりしているうちに告白されてつき合うことになった。

鯖江君は彼氏になった途端、なれなれしくなったのでびっくりした。そうかと思えば、わたしが思った通りの反応をしないことについて、イライラしていることもあった。最初はちょっとした喧嘩もすぐに仲直りができて楽しかったんだけど、やっぱりつき合って失敗だったかなと途中から思うようになった。たまに疎遠になったりしながら、それでもだらだら続いていた。短大を卒業したわたしは医療事務の資格を取って地元の整形外科で働くようになり、二年たって鯖江君は中学の先生になった。

最初の震災のあと、ひとびとの言うことがわかりやすくなった。とてもクリアになった。白と黒、0%と100%で物事を考えるのはわたしの悪い癖だといつも注意されていたのに、みんなもそうなってしまったようだった。サンセイとハンタイ、イイとワルイになった。あまりにも事実がわかりにくいから感情的になったのだった。ひとが感情的になっているとき、わたしは真っ白になった脳みそを抱えて戸惑う。ひとの感情がわからないから、共感しろと言われるのが一番困る。冗談がわからないし、嘘かもしれないと思ったら相槌を打つこともできない。

もとから顔も名前も覚えにくいのに意見まで似通ってきたひとびとは、もはや見分けがつかなかった。お手上げだった。

だが、二度目、三度目の震災に襲われてから、ひとびとはあまり物を言わなくなったし、わたしも悩まなくなった。

誰もが地震の夢をみるようになったが、わたしは相変わらずシマウマの夢をみていた。何回目かの、連続して起きた「双子の震災」のときには、きちんとペアになったシマウマの夢をみた。

大きな地震が起きるたびに、わたしは鯖江君からかかってきた電話をうっかり取らなかったりこちらから連絡しないことで怒られた。震源が遠ければ連絡する必要も感じないし、近いときには無事な人間の電話で回線を塞《ふさ》ぐのは迷惑だと思う、とわたしは言った。

おれは心配してるんだよ。それは大事じゃないっていうの

と、鯖江君は言うのだった。

前から思ってたけど、おまえひとの気持ちに寄り添うってことがまるっきり、できないんだよね

エスパーじゃないもん

そんなような言い合いをするようになった。あるとき鯖江君に、

察してちゃんなの

と聞いたら、

今の言い方は絶対に許されない

と言った。

なんで？　許すとか許されないとかって、鯖江君神なの？

すこし語尾が尖ってしまったなと思った。

おまえって、いつもそうやって屁理屈に持ち込むんだよな

それはずっといろんなひとから言われてきた、同じことばだった。鯖江君なら同じこと言われても違うかなと思った。でも一緒だった。
多分このひととはそのうち別れてしまうんだな、と思った。だから聞いてもいいかと思って、
どうしてわたしはひととうまくつき合えないのかなと、聞いた。
多分だけど、おれはわかってる。障害のせいえ、障害ってなに?
おまえはアスペルガーなんだよ。多分そうだよ。家族に聞いてみな、きっと知ってるから
へえなにそれと言ったら、脳の障害だと言われた。びっくりした。
わたしは鉄塔が好きだった。鉄塔ならおよそなんでも好きだったけれど、灰色のよりも赤白に塗り分けられて夜はランプが点滅している方が立派だと思った。田んぼの端やショッピングセンターの隅で、何も遮るものがない土地なのにむやみに羽を広げることもなく、ひとつひとつが行列の先頭のように胸を張り、イカヒコーキのようなユーモアを携えて立っている。

鉄塔には自分の目的しかない。関係ないひとに用事は一切ないのだった。部外者は相手にしない、そこが毅然《きぜん》としていて好きだった。

鉄塔の列はどこまで行っても途切れることがない。住宅地があれば「やむを得ない」という感じで丘陵《きゅうりょう》に迂回《うかい》する。山があっても「うん、やむを得まい」という感じで上っていく。鉄塔が選んだところが一番なだらかな尾根になる。尾根に沿って預言者の五線譜が通っていて違う場所へと音楽が流れていく。それはどんな音楽なのだろうと思った。

わたしは作り話がきらいだ。誇張もきらいだ。鉄塔が好きなのは誰もロマンチックだなんて言わないからだった。鉄塔にあるのは事実だけだった。そしてわたしの拠り所は、いくら人から屁理屈だと言われても、事実だけだった。

わたしは鉄塔に昇りたくない。わたしは展望台が嫌いだ。高いところが嫌いなわけではなく、上から虫の卵や一株のキノコのようにみっしりと集まるひとびとの暮らしを見てしまったら、「ひとにはそれぞれに生活があって尊重しなければならない」とは思えなくなるからだ。「人間を大切にしよう」なんて言っても、心の底で粗末にしたくなるからだ。ひとが集まって住むということを嘔吐とともに否定したくなるからだ。

鯖江君と一緒に本屋に行って、アスペルガー障害の本を探した。本を読んで勉強した方がいい、と鯖江君は言ったし、わたしもひとりで落ち着いて検討してみたかった。だがその本に書いてあることは全部峰夫のことだった。書いたひとは峰夫に会ったことがあるんじゃないかと思うくらいだった。久しぶりに思い出したなあ、元気かなと思う。それから、死んじゃったからあの世で元気って表現はおかしいのかと思う。もう死んで何年もたつのに、そのくらい生々しく峰夫を思い出した。

だから、鯖江君に次に会ったときに言った。

本に書いてあったのはわたしのことじゃなかったよ、死んだいとこがその障害だったみたい

すると鯖江君は真剣な顔で答えた。

自覚ないかもしれないけどここに書いてあること全部おまえにあてはまるから、そのいとことおまえは同じだから

なるほどねー、と思った。

わたし鯖江君にとって今まで異教徒みたいなもんだったのね

と言ったら鯖江君は難しい顔をしてうつむいてしまった。気を悪くさせるつもりはなかったし、うつむいた鯖江君はかっこいいままだったのに。

わたしと鯖江君が違うタイプに属することはわかった。鯖江君はその他大勢である

「定型」らしいということもわかった。もっと人間はそれぞれに違うのかと思っていたら、案外すっぱりと分かれるらしいのだった。そしてわたしと峰夫が同じだということもわかった。似ているのではなく、同じだったのだ。

わたしが性格だと思っていたことは障害だった。わたしに個性はなかった。典型的なアスペルガーに過ぎない、わたしはそう思ってないけれどほかのひとはそう理解するのだということがわかった。

本を探してくれるとき、これ見て治しなよと鯖江君は言ったけれど、病気じゃないので治しようがないのだった。

もしかしたら、いままでわたしがひとを怒らせたことや、学校で浮いていたことは全部これだったのかもしれない、気がつかないでもっとひとに嫌な思いをさせてきたのかもしれない、と思ったらとても憂鬱《ゆううつ》な気分になって、何日か家にひきこもって誰ともメールしなかった。

でも面倒くさくなって考えるのをやめた。

わたしというシマウマの尻尾《しっぽ》は、なんとロバの尻尾だった。わたしが知らなかっただけなのだ。

コミュニケーションは、初めての囲碁みたいだ。碁石には役割も順位もない、ただ白と黒があるだけだ。ルールを知らないので、相手がどういうつもりなのかさっぱりわからない。

その碁盤のマス目を突然増やしたり減らしたりするのが政治かなとぼやっと思っている。政治というのはもちろん国や自治体のこともそうだけど、仲間内で勝手に決まっていくものについてもそうだという気がする。

わからない。確信はない。

ひとびとは、フンイキだけで善悪を判断できるらしいのだ。わたしにはわからない。みんなそうなんだよと言われて驚き、すこし後になってから自信を失う。じりじりと自己評価が下がる。

いつまで続くかわからない震災と復興についてひとから意見を求められたときに、選択肢は四つある。賛同する、相槌を打つ、率直に思ったことを言う、沈黙する。

経験から言うと、わたしが率直にものを言った場合相手を激昂《げっこう》させてしまう確率が高い。どこにスイッチがあるかわからないが、ひとは機嫌を損ねる。嘘と相槌は苦手だ。だからわたしは黙る。事が事だけに積極的に沈黙を選ぶようになった。

霧雨が降りしきる日、鯖江君と町外れの喫茶店で会った。わたしは窓の外の鉄塔を眺めていた。鉄塔の腰から上は道路と同じ色の空に吸い込まれてしまって見えなかった。今日は五線譜に音符はのっかっていないだろうと思った。もしも音符のしっぽにびっしりと水玉をつけてあげたら銀色に光るんだろうけれど。

わたしは鉄塔を見ていたけれど鯖江君は見ていなかった。鯖江君は鉄塔を見ないひとだ。

もうすぐ、やむんじゃない
鯖江君がやさしい声で言った。

雨？

うん、天気予報で言ってた
M…地方は晴れているのかな、と思った。

預言者に会いに行きたい。


シマウマは決して人間になつかない。それどころか大人になるとどんどん気が荒くなると言う。もしも「ロバのくせに！」と罵《ののし》ったら夢のなかに出てくるあの不吉なシマウマは絶対にわたしのことを許さないだろう。

わたしと峰夫が自分たちの性格や特質についてまじめに話したことは一度もない。背を向けた二つの三日月のようにわたしたちは、自分の円弧の部分で向き合っていた。お互い欠けているとは知らなかった。

峰夫がもし生きてたらと思うこともあるけれどわたしたちはお互いの欠陥まで含めて同一の特徴を持っていた。蟻やシマウマのように匿名だった。わたしたちはごく僅かに意思を働かせるだけでコミュニケートできたが、他人からすれば昆虫の意思伝達のように理解しがたいものなのだった。だから峰夫という個体がいなくなっても、同じ性質を持った別の人間が現れればいいのだ。

峰夫が自殺だった可能性はまったく、ないとわたしは思う。なぜなら峰夫はかつてわたしにこう打ち明けたからだ。

「世界中のおれ以外の人間が全部滅びてもおれはかまわない」

わたしも大筋では同意した。ただ、わたしの場合は「わたしもかまわない」てもまったくかまわない」という考えだった。これはたいへん反社会的な考えだとわたしたちは知っていた。だから秘密にしていた。

わたしたちにはその反社会性に於いてマイノリティになる理由がある。負い目はいつもある。理解されないというよりも理解してもらわない方がいい思想を持っている。

開き直ってからひねくれ方がひどくなった、と鯖江君は言う。

なにが?

おまえのことだよ
かわってないよ
前はもっと素直だったよ
大人になったからだよ
と言うと、ふつうそんなことはないと鯖江君は言った。
ごめんわたしふつうがわからないの。フツウとミンナはわからない
努力しないからわからないんだよ
理由もなしに努力なんてできないよ
おまえの言うことさっぱりわからないし俺の言うことも通じないし、いつかわかってくれると思っていたけれどそれどころか、俺が悩んでることすらおまえは気がつかないし、もうこれ以上つき合っていても俺がつらいだけだから別れたい
因縁をつけられているだけのような気もしたけれど、鯖江君がかわいそうだと思った。わたしは何もつらくなかったが、鯖江君がつらいのなら仕方がない。
うんわかった、じゃあアドレスとかも全部消すね
とわたしは答えた。
わたしあなたのこと忘れるよ
と言って鯖江君の手を握った。

鉄塔は破壊されていた。巨大な鉄塔に閉じ込められた空間は飛び散ってしまった。背の高い草の波をかきわけて、中心にむかってわたしはすすんだ。風が強くて髪の毛が目に入った。

預言者は青いコットンの服を着て、四角い小さな土地にいた。そこだけは砂利が敷いてあって鉄塔が昔あった場所だと知れた。預言者が足下のトートバッグから音符を出して次々に投げるのがよく見えた。だが預言者の頭上には送電線がなかった。

わたしは息を切らして預言者に近寄っていった。そして大きな声で言った。

「預言をやめてください。預言なんかもう全部やめてください」

「そういうわけにはいかないね」

「これ以上、いやなことを起こさないでください」

「あんただったらどうする？」

「黙ってます」

「ああ、それは頭がいいんだね。頭のいい人はみんな黙るんですよ」

預言者は言った。

「頭なんかよくありません。私が喋ると人に迷惑だから、迷惑かけないために黙ってるだけなんです」

「それじゃいけないね」

「だって」

「もう、うちに帰りなさい。戦争がはじまる」

預言者は最後の音符を上に投げた。送電線がないから音符はどこにもひっかからなかったが、わたしは空を見上げた。

そしてわたしは預言者が作っていた重厚な和音、暗く濁ったメロディーの意味を完全に理解した。

「国民保護サイレン」だった。

わたしはサイレンを聞いた。目の奥が痛くなったので目をつぶった。がたがた震えるので体を硬直させた。吸い込んだ息が吐けなくなった。目の前が真っ暗になって、すうっと体が軽くなった。

やがて空は晴れた。
少しの風が吹いた。
預言者は夢のように消えてしまったから、わたしは彼女が立っていた場所で叫んだ。
ニイタカヤマノボレ
最初は声がかすれた。

ニイタカヤマノボレ
大きな声を出すと汗が噴き出た。

ニイタカヤマノボレ
わたしは何度も叫んだ。

それは攻撃を指示した言葉だった。戦争を起こすための暗号だった。

かまわない。

戦争ならもうとっくに始まっている、そして終わらない。すでに地上の至るところに窓のない無人爆撃機が飛んでいる。無人爆撃機の機体には美しくスポンサーのロゴや、ジュースや女優、アニメのキャラクターが描かれている。誰もそれに反対する理由を持たない。

こんな平地で叫んでいたら、わたしはスポンサーの無人爆撃機に撃ち殺されるだろう。難なく。

かまわない。

いくら殺されても、同じ考え方、同じ本質を持った次のわたしが次の峰夫が生まれてくる。

ニイタカヤマノボレ
なにか黒いものが迫ってきていることをわたしは知っている。追いつかれたくない。

わたしは叫び続ける。

N
R

その年、津田の家の裏の竹藪で竹の花が咲いた。竹藪の持ち主は農家だが、本気で農業をしているようには思えない。畑は税金対策なのよと妻は言った。地主だから多分ほかに家賃や駐車場の収入があって十分に食べていけるのだろう。東京と言っても二十三区内ではなく都下のこのあたりではそんな家もある。

竹の花そのものはイネに似ている。見て楽しめるような花ではない。竹藪のそここに枯れ草の束がからまったような状態に出くわして津田は、これがそれかと思い当たった。商店街の七夕祭りのあと放棄され、飾りだの短冊だのが色あせ、笹の葉が枯れてゴミになってしまったものを思わせる。

妻は不吉だと言った。調べてみると竹の花は六十年もしくは百二十年に一度しか咲かないそうである。一度花が咲くと竹は一斉に枯れてしまうらしい。だが、もしも竹の花が咲くだけで不吉かどうかわかるのなら前もって凶事に備えるなり、避難の計画をするなりできるだろう。それならわかりやすくて良いと津田は思った。自然というものはそんなに親切なものではないだろう。現にここ数年の大地震だの大噴火だの大洪水だのといった災害が竹の花と連動したと騒がれた話は聞いたことがない。

どちらにしても裏の竹藪が一斉に枯れたり倒れたりするんなら刈り払わなければならないだろう。地主に言いに行かなきゃならないかなあ、行ってきてくれる、と津田は妻に頼んだ。それが今朝のことである。


ならびのビルに入っている蕎麦屋で昼食を終えて会社に戻った津田はホワイトボードに「M…市（鈴木産業）」と書いた。帰社予定の欄にはＮＲと記入した。湯浅を見るとノートパソコンを鞄に押し込みながら立ち上がり、なんとか話をまとめて電話を切ろうとしている様子だった。それを一瞥《いちべつ》して湯浅の欄に「津田同行」と書いた。

直帰のことをＮＲと書くようになったのは、高橋さんが所長で来てからのことである。高橋さんは別に悪い人ではなかったが、入社以来ずっと本部にいたためか、当初は社内で浮いた存在だった。心なしか頭髪も頭蓋から浮いているように見え、それをなんだかんだと指摘する者もいた。湯浅は「ベレー帽みたいな髪型しやがって」と笑っていた。そう言われて以来、高橋さんがきちんとしたひとだということがわかっても頭髪は帽子にしか見えなくなった。

それまでは直帰と言えば皆一様に、帰社予定の欄に横棒を一本引っ張ってそれで情報共有ができていた。高橋さんが最初にＮＲと書いたときに津田は意味がわからなかったが、「ノーリターンって読むらしいですよ」と、部下の右田という女性に聞いた瞬間、しゃらくせえ、と思い、そんな言葉が自分のなかから出てきたことに驚いた。ちょうどあの頃、仕事上の外来語が数多く導入されたのだった。ミッションとかビジネススキルとかブレインストーミングとかイノベーションとかそういうのが本部の人間から、まるで新しいアイドルの名前のように次々と持ち込まれ、「ビジネス・パーソン」たちは、それらを知らないと恥ずかしい雰囲気に染まったのだった。本当のところ、全部ひっくるめてしゃらくせえ、と津田は思っていたがやがて抵抗感は薄れて皆と同じ言葉を使うようになった。そこにはやはり、若い部下に舐《な》められたくない、中年だと思われたくないという意識が多分にはたらいている。

クレーム対応の電話が長引いて湯浅は昼食を食べ損ねた。担当先であるM…市の鈴木産業への訪問頻度は月に二度ほどだったが、今日は半期に一度の会議なので直属の上司である津田と同行である。外で食事を済ませてきた津田は、湯浅が駅弁を買おうとすると嫌な顔をしたが、ボックス席の車両がついてますから、と説明すると、わかったと言った。なぜ横並びの座席では駅弁を食べることができなくて、ボックス席ならいいのか、本来の区別はちゃんとあるんだけど、江戸っ子の津田さんにはわからんだろうな、と湯浅は思う。横並びは「電車」でボックス席は「汽車」なんだ、俺がガキの頃はそう使い分けていた。久留米から福岡に行くのもＪＲは汽車で西鉄は電車だった。汽車は食事可、電車は不可なんだ。

弁当を食べ終えた湯浅が窓の外を見ると、そこはまだ近郊の住宅地だった。狭い敷地に三階建ての家が並ぶと圧迫感が強い。住宅が縦長に見えるせいで隣家との間の敷地はとてつもなく狭く、そして暗く感じられる。

川を越えると中高層の建物が減って景色がぐっと広がったように感じられたが、通過する駅の近くには、巨大な敷地に配置された異様な棟数の分譲住宅が並んでいた。湯浅にとっては分譲地全体がひとつの寮のようにも見えたし、こう言ったら住んでるひとには失礼だが周囲から隔絶され、どんな小さな商店も入り込めない区画配置は工場や畜舎を思わせるものでもあった。すべての屋根のてっぺんに取り付けられたお椀型のパラボラアンテナが、一斉に振り向いたひとの顔のようで気味が悪い。こういうとこに住んで、酔っ払って帰ってきた日には家がどこだかわからなくなるだろうな。

斜め向かいに座った津田は買ったばかりのスマホをのぞき込んでいた。左手に持ったカードに書かれたＱＲコードを読み込もうとしているのだがうまくいかないらしく、右手につかんだスマホを近づけたり遠ざけたりしている。そこまで津田を真剣にさせるのは何のカードなのかと湯浅は訝《いぶか》ったが、聞く気にはならなかった。津田はスマホを食い入るように見つめ、顎《あご》の下には濃い皺《しわ》がくっきりと刻まれていた。

いつの間にか眠ってしまった湯浅をちらりと見て、だらしない男だ、と津田は思う。包み直すというよりおおざっぱに包装紙を覆《おお》い被せてレジ袋に突っ込んだ弁当ガラはもはや食品ではなくゴミなのだから足下に置けば良いものを津田の正面の座席の上に置いている。片や足下に倒れているビジネスバッグは余計な資料を詰め込みすぎてふくれあがっていた。湯浅はいつも必要なものを見つけ出すのに時間がかかる。その上不注意で携帯を忘れたり、飲み屋に眼鏡を置いてきたりというのは日常茶飯事、スタンプ台の上に肘《ひじ》をついて新調したばかりと自慢していたスーツをだめにしたこともあった。

ものすごく仕事ができないってわけでもないし、悪意とかはぜんぜんないんだが、いかんせんだらしない。ほんのちょっとのことなんだ。ほんのちょっとのことで、違うのになあ。

こちん、という衝撃で湯浅は目を覚ました。

小石でも当たったのかと思ったが、窓には特段傷もひびもなく、津田も、ほかの乗客も無反応だった。

窓の外を見ると新しい道が田んぼを斜めに削って伸び、神社の周りの木々が小さな森をつくり、古くからの集落のなかに北欧風の、木枠の窓を強調し、黄色とか青とかそういった派手な色の壁面塗装が施《ほどこ》された木造住宅が混在している。なにかとひきかえに、その家の持ち主は場違いな環境を引き受けたのだろう。本家の長男とかそういうやつだろう。このあたりから先はずっとこんな景色が続く。似たような景色の繰り返しで前に進んでいるのか後ろに進んでいるのかわからないほどだ。

いや、さっきから何かがおかしいような気がしてるんだが、なんなんだろうなあ。

津田はさっきとまるで変わらぬ様子でスマホに熱中している。スマホくらい持たないと、と津田は言っていたが、持たないとどうなるというのか。俺はもうああいうのを一から覚えるのがどうも、と湯浅は津田に言った。津田が指に力を込めて液晶の表面をはじく姿はどう見ても不慣れで、不器用だ。指についた鼻くそをむりやり飛ばそうとしてるみたいだ。あんなザマを公共交通機関のなかで晒《さら》すくらいならスマホなど持たなくていい、と湯浅は思う。湯浅は津田と二歳しか年が変わらない。

さっきの、こちん、という衝撃には覚えがあった。しばらく考えてそれはパチンコ玉が台のガラスの面に当たる音に似ていたのだと気がついた。今のパチンコを湯浅は知らない。湯浅が通っていた頃はフィーバーだってドラム式だった。パチンコどころかなにもかもがアナログの時代だった。店の外を通りかかれば轟音《ごうおん》で軍艦マーチが流れていて、これに足並みを合わせてしまったらいかんと思いながらも、学生だった湯浅は店内に吸い込まれていくのだった。

タバコの煙が充満したフロアでは黒のベストとズボンを身につけた店員がマイクを握りしめ、「さあ今日も皆様ジャンジャンバリバリ、ジャンジャンバリバリ、張り切ってお出し下さいませ、お取り下さいませ、ジャンジャンバリバリ、ジャンジャンバリバリ、はい225番台はフィーバースタートおめでとうございます、出ます出します出させます、男、命の銀の玉」と景気をつけていた。運良くジャンジャンバリバリ出したところで換金して2000円程度、タバコだったら一カートンといったところで湯浅はやめていた。打ち止めを目指さないのが自分の流儀であり負けない秘訣だと思っていた。軍艦マーチとジャンジャンバリバリとそれとあの、あれだ、あの台、そうだビッグシューター、あれが当たったときのファンファーレだ。チャンチャカチャーンって派手な音が鳴るんだ。あれは名機だったなあ。至福の気分の大当たりタイム中はワッチョコワッチョコいいながら玉が貯留され、またVゾーンに入ればチャンチャカチャーンというファンファーレが鳴って誇らしい。あの時代はビッグシューターとマジックカーペットが本当に面白かったんだよなあ。

だがしかし、今となって冷静に考えるとなんだったんだろうなあ、一発ずつ飛び出して、釘にぶつかって跳ねて、落ちていく玉をずっと見ているだけでなにが面白かったんだろう。雰囲気にそそのかされてただけなんだよなあ。まあ時代の雰囲気もお気楽だったしなあ。

　玉が台の底のカーブを行き来して暗い穴に消えていくとき、俺の人生の終わりもこんな感じなんだろうなと湯浅は思っていた。大当たりをずっと待っていて、でも結果的には大勝ちなんてなくて、未練たっぷりに台の底をさまよって暗い穴に消えていくのだ。


　ほとんどなにも理解できないうちに電池が減ってしまったスマホを仕舞い、会社のケータイを取り出して着信がないかどうか調べると津田はそれも鞄に放り込んだ。

「津田さん」と、湯浅が言った。

「あん？」

「さっきから、なんていうか、この電車おかしくないですか」

　津田はなにも言わなかった。

「つまりですね、あの、駅名が見覚えなくて」

「知らないとこ走ってるんだから当たり前だろ」

「いや、まあ、いいんですけど」

　湯浅は心底どうでもいいやという顔になり、聞こえよがしにひとりごとを言った。

「あーあ、狸にでも化かされちゃったのかな」

津田は言いようのない不快感を覚えた。

こいつはよくあるんだ。相手を嫌な気分にさせるようなタイミングで話を打ち切り、放り出して投げやりになってしまう。頭のなかで太宰治の「トカトントン」が鳴り出すんだ、この男は。実に迷惑なんだこいつのトカトントン、トカトントンが残業中の社内に伝わって、ほんとの音みたいに響いてくるとみんなのモチベーションが下がるんだ。

黙っていると車掌のアナウンスが流れた。

――ご乗車ありがとうございます。次はかゆぬま、かゆぬまです。

「今、なんて言った?」

「さあ」

「間違えたわけじゃないよな、電車」

「だから言ったじゃないですか、なんかおかしいんですって」

近県と言っても湯浅は毎月来ているわけだし、津田にしたって半期に一度は乗っている電車である。上京したての新入社員じゃあるまいし路線を間違えるなんてことはありえない。

――まもなく、かゆぬま、お出口は左側です。

「ちょっと降りるぞ」

津田は立ち上がった。

「降りるって、でも……」

湯浅は上着とビジネスバッグを左手に、右手に弁当ガラを持って、開いたドアから色のないホームに降りていく津田の後を追う。

ホームに並んで立ち、駅名表示板を見上げた。

「粥沼」と書いてある。

東京に近い方の隣駅は「橙高原」、進行方向の隣駅は「膝島」であった。

「いくらなんでもこれは」

と津田が言った。

「俺はだいたいこうげんがいやだ」

湯浅は口に出してから子供みたいなことを言ってしまったと思い、付け足した。

「いや明らかに変でしょ。確かに関西本線なんかもすごい駅名あるんですけどね、加《か》太《ぶと》とか佐《さ》那《な》具《ぐ》とか」

「そういう問題じゃないだろう、今は」

津田が声を荒らげた。

改札を出た。どんよりした駅前だった。ロータリーには無人のバス停がふたつ、そのほかには短大のスクールバスらしきものが停まっていたが、女子大生の姿はない。

タクシー乗り場はなかった。そのほかに目についたのは何日前から置いてあるのか定かではない数台の自転車だけだった。

「出口、間違えたかな」

「こっちしかなかったですよ」

ここが一体どこだか知らんけど、こんな駅前だったらまだ羽根物ばっかりのパチンコ屋があったっておかしくないと湯浅は思う。折角《せっかく》降りたんだから少し歩いてみたいような気がした。

だが津田は「タバコでも吸っていくか」と言った。こんな誰もいない駅前ならその辺に立ったまま吸ってもよさそうなものなのに津田は早足で広場を突っ切り、角の喫茶店に入っていこうとする。東京では滅多にお目にかからないような純喫茶の看板に「喫茶　ずわい」と書いてあるのを見て湯浅は思わず足を止めた。ずわいってなんだよ、ずわいじゃないだろ喫茶店は。

ほんとにここ、入るんですかと声をかけようとしたときには津田はもうドアを開けていた。仕方なく後に従い、薄暗い店内のビロード張りの椅子に腰をかけて「ホット二つ」と注文する。

目を細めて煙を吐き出す津田を横目で見て、タバコなんてやめなきゃよかったと湯浅は思う。だからと言ってやめたものをまた始めるのもバカらしい。

「この粥沼ってのは古い町なんですかね」

コーヒーを持ってきた馬面《うまづら》のマスターに津田が話しかけるのを見て湯浅は、飲み屋じゃあるまいし、なにもここでこんな馬面に話しかけなくてもいいのにと思う。

「いや特に古くも新しくもないよ」

馬面は言った。

「橙高原ってのは観光地かなにか？」

「つまんないとこだ、なにもない」

県名を聞けばいいのに、と湯浅は思ったが、「ここ何県ですか」などという幼稚な質問を津田がするとも思えなかった。湯浅は、背後のマガジンラックにあった新聞を手に取りかけたが見たこともない地方紙だったので、やめた。

喫茶店を出て駅に戻りながら、鈴木産業に電話しとけ、と津田が言った。

「電話で何て言えばいいんです？」

「キャンセルだよ」

「え？　今からキャンセルですか？」

「なんとでも言えるだろう、おれが死んだとか」

いくらなんでも雑すぎるだろうと思いながら湯浅は担当者に電話をかけるが、呼び出し音が鳴るばかりである。代表電話にかけてもこれも出ない。

「出ないんでかけ直しますわ」

「引き返すぞ」

「あ、はい」

ちょっと聞いてくる、と言うなり窓口へ歩いて行った津田は、戻ってきたときには苦虫をかみつぶしたような顔になっていた。

「電車、何時です？」

「ないそうだ」

「ない？」

「東京方面って聞いたんだよ、そしたら一時間後に橙高原止まりが一本、その二時間後にまた橙高原止まり、ほかには回送列車しかないんだと」

「へえ？」

「狂ってる、完全に」

「そんなこと言われても」

「おれたちちゃんと、赤羽から乗ってきたよなあ？　それがなんで」

「反対の、えーと進行方向は？」

おまえ聞きに行け、と津田が言うので湯浅は窓口に行き、駅員に声をかけた。

「東京行きって本当にないんですか？」

「十六時ちょうどの橙高原行きが最終です」

駅員は答えた。

「東京じゃない方の、膝島でしたっけ、そっち方面の電車は」

「十四時十六分発の急行ですね。五分前に改札開けますので待合室でお待ちくださ
い」

「終点はどこまで行くんですか、その膝島方面行きの」

「ワラワチュウオウです」

「浦和じゃなくて」

「浦和じゃありませんワラワチュウオウです。児童の童にセンターの中央」

湯浅が次の質問をする前に窓口の窓はぴしゃりと閉まり、ご丁寧に内側からカーテンまで引かれてしまった。

童中央と書くらしい。浦和ではないらしい。そんな駅、聞いたこともない。

これをどうやって津田に説明するか。また大きな声を出されたらたまらない。気が短いからなあ津田さんは。

だがしかし、一体どうしてこんなことになってしまったのか。

何も特別なことはしていない。赤羽からいつもと同じようにM…市の二つ先まで直

通で行く快速列車に乗っただけなのだ。しかしなぜ赤羽に駅弁なんかあったのだろう。

津田の早く答えろという目線に押されて、湯浅は言った。

「津田さん、だめですよ。見たことも聞いたこともない駅です。童中央だって」

「中央がつくだけ高原よりマシか」

「津田さん、そのスマホGPSついてんじゃないですか？　現在地見れないんですか？」

「設定がわかんないんだよ」

使えねえ、と言いたくなったが我慢した。

相変わらず無表情な駅員が事務室から出てきて改札を開けた。やがて人気《ひとけ》のないホームに童中央行きの急行が入ってきた。車両の色は、赤羽から二人が乗ったものと寸分違《たが》わなかった。

津田はもうスマホを取り出さなかったし、湯浅の眠気もすっかり覚めていた。

「関係ない話だけど、U…市ってあるだろ」

低い声で津田が言った。

「はあ」

「M…市とU…市の間って約100キロなんだ」

「へえ」

「東京からM…市も100キロだよな。東京からU…市も同じ100キロ。新しく作った都市じゃないのに面白いよな。つまり三角形ってこと。一辺が100キロの正三角形」

「津田さん、変なこと考えるんですね」

「大きさは違うけど、九州にも正三角形があるらしくて、それで思い出した」

「え？　九州？　俺も九州ですけど」

「福岡の宗像《むなかた》と壱岐《いき》と沖ノ島って古代からの聖地みたいな島、これがほぼ正三角形らしい」

「バミューダ・トライアングルみたいですね。でも地元の人間はそんなこと知りませんよ」

「まあ、おれも雑誌で見ただけだから。でもM…市とU…市の三角形じゃ、なにもないよな」

「地味ですからねえ、あのへんは」

　離婚はもう時間の問題だった。

　マンションを出て行くのはいいとして、俺はこれからどこに住むんだろうと湯浅は考える。今さらアパートか、それもなあ。

パチンコを止めさせられ、タバコを止めさせられた俺が、一番したかったことは一人旅だった。女房も娘も置いて青春18きっぷかなんかでどこか東北か、それとも山陰か、とにかく遠いところに行くことが夢だった。一度だけ冗談めかして言ったら、嫌われたなあ。怒られたんじゃなくて嫌われた。

昔はいい雰囲気をさあ、シュシューってスプレーみたいにふりまいてる、そういう娘だったんだ。今じゃ別人だよほんと別人。俺が世の中で一番信じられんのはこのこと、蝶が芋虫になっちまったみたいな女房の変身だよ。

あーあ。

家に帰る意味がまるっきりわからんくなったのはいつからやったろう。

津田にもそろそろ離婚のことをひとこと言っておくべきかと湯浅は思う。別にどうとも言わないだろう。

自由になったらどうするかな、ハチロクでも買うか。津田さんに言ったらどんな顔するかな、だめだ津田さんはペーパードライバーだった。

東京生まれやけん。「シティーボーイ」やけん。ポパイやらホットドッグ・プレスやらをバイブルにしとった俺たちのことば「五年くらい遅れてるよ」ってバカにしよった「シティーボーイ」やけん、津田さんは。

「お父さんの時代と違ってぼくらは貧乏だから」

息子《たかふみ》に言われてびっくりした。

津田は考える。カネがないのは国であって、もっと言えば世界経済であっておまえのフトコロじゃないぞ。実際バイトの時給は下がっちゃいないのにおれたちの若い頃と違って服なんかユニクロでいいし海外旅行も興味ないし免許さえいらないと言う。たしかに息子《たかふみ》は貧乏くさく見えるが、学生で、のうのうと実家で暮らしていて決して貧乏じゃない。結局時代の雰囲気を語ってるだけなんだろうなあ。暗い時代っていう設定だよな。設定なんだよ設定、それに過ぎないことにあいつは気がつかない。頭はおれなんかよりはるかにいいと思うんだがなあ。勉強しないことだけはひとのせいにできないから仕方ない。

湯浅のとこは娘さんだったか、いいよな娘は。

それにしても昔から不思議だった。なぜ、若者に気兼ねしてしまうのだろう。息子にまで気を遣うなんて思ってもみなかった。やつらにかっこわるいと思われたくない、その気持ちが捨てられない。昔基準のかっこいいが通用しないことはわかるけれど、なんとか許容範囲に入っていたいと思うのは、なぜなんだろう。だけどうちの子なんか見てたらかっこいいとかかっこ悪いとか一切ない、損得しかないぞ。コスパなんて最初何語かと思ったよ。あとは何かって言えばメリットとかデメリットとかって、おれはそのたびにおふくろの使ってたシャンプーの匂いを思い出すんでちょっと、たまらない気分なんだが。

津田が気がついたときには、湯浅はなにかの部品が欠落して暴走を始めた機械のように話していた。気がついた、というのはその前からどうやら津田は適当に相槌を打ってはいたようなのだ。しかしどんなきっかけでどの話から始まったのかが明らかでない。

「だから津田さん、俺はですね、高校の生物の時間、ゾエアとかメガロパとかああいった言葉が出てくるだけでぞくぞくしてたんですよね。だから何ってことはないんだけどなんて言うの、ほら自分の血がさーって流れる音が耳の後ろで滝みたいに聞こえるんですよ」

いや、これじゃあまるで俺が津田さんに認められたくてそのためだけにしゃべり続けてるみたいじゃないか。津田さんの機嫌なんてとったたって仕方ないんだ、意味ないんだ。

だって何言ったたって通じないんだから。

いつだったかな、すごく変に感じたことがあった。なにかで専務の話になったとき津田さんが突然「あのひとには愛情がない。愛情を持って部下に接していない」とか言ったんだ。「そこが高橋さんとの違いだ」って。そんなの「器じゃない」って言えばいいのに「愛情」ってなんだよ。津田さんも変なこと言うなと思った。

「カバン、ボタン、オルガン、このなかでポルトガル語由来でないのってどれだと思います？」

湯浅は一体どうしちゃったんだろう。

この明らかにおかしな状況のなかで平気なのか。

ていうか、こいつほんとに湯浅か。

いや冷静にならなければ。

そうでなければ湯浅の目鼻の位置でさえおぼつかなくなりそうなのだ。

「カバン、ボタン、オルガンですよ」

「ズボンじゃねえか」

「ズボンの話なんかしてませんよ。でも俺ズボンのことをパンツって言うのだけは、あれだけはマジでほんとに勘弁。特に娘に言われるとほんとやめてって思いますよ」

「パンツはだめだな、あとブリーフケースっていうのもだめだ」

ブリーフケースと言われるとどんな高価なバッグであろうともそこに白い下着が入っている映像が浮かんでしまうのだ。そうだおれの男としての自立はブリーフがいやだとおふくろに言ったことから始まった。おれはトランクスが欲しい。ブリーフはかっこわるい。不退転の覚悟だったがおふくろは、なに言ってるのお父さんだって穿いてるじゃないと言った。だがそれに屈するわけにはいかなかった。だからお年玉という伝家の宝刀を持ちだした。それほど重要な問題だったのだ。トランクスに変えてから、たとえば体育の時間とか、たまに家族旅行で行く温泉なんかでブリーフを穿いた子供を見ると相手が非常に幼く見えたもんだった。

「黄ばむんですよね」

湯浅の声が聞こえた。いやほんとうに湯浅が言ったのか、おれの頭のなかで湯浅の声が演じられたのか。わからん。本当にわからん。湯浅の目鼻の位置は、これで合ってるのか？

ブリーフの白さはいずれ来るオムツの白さと同じなのだ。幼児のオムツから白いブリーフ、老いてまたオムツ、生々しいが悩みも迷いもない川の流れのような生き方でもあった。おれだって、いつかオムツを穿くと考えることは実にせつない。黄ばんだブリーフ、ゴムが伸びるより先にケツがすり切れるトランクスだってせつないがオムツは桁違いのせつなさだ。ところが息子《あいつ》はトランクスではなくボクサーパンツを穿くようになった。最初にボクサーパンツを見たときには色つきブリーフかと思ったが、安定するし快適なんだと言われて、なるほどそういうこともあるのかと受け入れた。

で、最近になって気がついたんだ。もしもこの世にトランクスなんてものがなかったら、これは自分を否定するようで不本意でもあるが、もし小学生までブリーフで中学からはボクサーパンツという流れだったら何の違和感もなかったのではないかと。トランクスだけが異質な文化だったのではないかと。だからっておれはボクサーパンツなんて穿かないよ。おれはもっこりを否定して親世代と対立した結果トランクスを選んだわけで、多少スカスカしたりポジションが安定しないこともあったがそれはそれでおれの人生にも似ていた、おれが選んだおれの人生だった。一旦トランクスを選んでしまった以上ここからボクサーパンツというのはだね、進化論的にちょっと難しいわけだよ。分岐点を通過したら二度と戻れないのだよ。引き返せないのだよ。一旦ヒトになってしまった以上サルには戻れないのだよ。だがおれは一体誰に向かってこんなことを語っているのだろう。

「でも津田さん、時間ってほんとに前にしか進まないものなんですかね？　俺の考えっていっつも後ろ向きで、過去を振り返ってばっかなんですけど」

湯浅はまだ喋っていた。昼から同行していて、いまになって初めて湯浅のネクタイの柄が下駄の模様だったことに気がついて津田は苛立った。だからあれほどゾウとかカブト虫とかふざけた柄のネクタイはやめろって言っただろうが。

ふいに湯浅が喋るのをやめた。終点だった。

改札を出て、西口に降りた。

なにが童中央だと津田は思った。どう見たってM…市じゃないか。駅名だけ変えたっていうのか。普通じゃないか。まるっきり普通、変わってないじゃないか。ごちゃごちゃした土産物屋と地元のデパートとなんだかよくわからないモニュメント、あとは古いビルにかなり無理して若者向けの店を押し込んだショッピングセンター、駅前郵便局。くすんだ青色の帯が入った灰色の市営バス。半年前に来たときと同じじゃないか。なんだよ。

「宇都宮もこんな感じだよな、それか高崎か。まあどこも似たようなもんか」

湯浅はそれにも答えなかった。ロータリーに並んでいたタクシーに乗り込み、市役所前と指示をすると、津田はばかばかしい夢でも見ていた気分になった。

タクシーを降りて歩き出した津田を湯浅が引き留めた。

「津田さん、市役所が」

「あん?」

「木造です。市役所が」

湯浅は震えていた。

確かに、目の前にあるのは昔の小学校のような木造二階建ての庁舎だった。いくらなんでもこの時代にそれは、ない。というか何度も鈴木産業には来ているが、見覚えが、ない。

震える人間を見るのはかなり久しぶりだなと津田は思ったが、もはやなにもかも面倒になりかけていた。ついに始まった。

トカトントン、トカトントン。

おれの頭のなかでもトカトントンが鳴りだしてしまった。

鈴木産業のあるべき場所は平地《ひらち》の駐車場になっていた。

「一応電話してみろよ」

津田は言ったが、もはや鈴木産業に電話がつながらないであろうことはわかっていた。

「もうね、どうせそんなことだろうと思いましたよ。絶対あるわけないんですよ、もう全部が全部おかしいんですから」

「そう言うなよ」

「津田さん、どうするんですか俺ら」

「どうするって、帰るしかないけどな」

「だからその帰りかたが」

「わかってる」

「NR《ノーリターン》って書いてきちゃいましたよね」

「ああ」

ノーリターンか。

戻らないのか。

それとも戻れないのか。


津田が突然横道に入って行ったので湯浅は小走りに追いかけた。

「おい、これ」

竹藪だった。

竹藪の竹という竹が蔓《つる》で覆われていて、その先には細長くて小さな青い花が咲いていた。びっしりと咲いていた。クリスマスの豆電球にこういうのがあったかもしれないと湯浅は思いながら、どうかしましたか、と聞いた。

「竹の花が」

津田は竹藪の前に立ちつくして言った。

「へえ、これ竹の花なんですか。結構きれいなのが咲くんですね」

「おまえ竹の花見たことないのか。こんなんじゃない、こんな、ふざけた色のついた花なんか、冗談じゃない」

津田がなぜ腹を立てているのか湯浅にはさっぱりわからなかった。

「津田さん」

湯浅が言うと津田は肩を落とした。ややあって、乾いた声になって言った。

「これはもう、本当にだめだ」

湯浅は、なぜ自分は歯を食いしばっているのだろうかと自問した。

忘れられたワルツ

久しぶりに実家に帰ると姉はやっぱりピアノ室にいて、ドビュッシーが聴きたいと言ったのに黙って別の曲を弾きはじめた。肩越しに楽譜立てを覗くと「フランツ・リスト　忘れられたワルツ」と書いてあった。ドイツ語とフランス語と英語で書いてあった。

「四つの忘れられたワルツ」のなかでは一つ目のワルツだけが知られている。あとの三つを風花《ふうか》は聴いたことがなかった。ほんとうに全世界から忘れられてしまったかのように演奏されないし、リストの曲だけを集めたCDにさえ入っていない。だが譜面があれば姉は四つとも弾いてくれる筈《はず》だった。多分それを弾き終えたあとは頼みもしないのに超絶技巧練習曲を弾くだろう。

今では実家に帰ってきたとき以外、ピアノ曲を聴くこともなくなってしまった。久しぶりにドビュッシーの「子供の領分」が聴きたかったんだけどなあ、と風花は思う。でもお姉ちゃんは気分屋だから、そのとき弾きたい曲しか弾いてくれない。風花にはピアノの才能がなかった。姉に言わせればその段階は「ピアノの才能」というレベルではなく「練習する才能」のことらしい。風花のピアノはソナチネで終わった。

風花は、姉がピアノを弾くのを見ているのが好きだ。姉は背中の筋肉を大きく使って腕をつり上げる。激しく髪を振り、野獣の包容力でピアノに襲いかかる。そして音楽を食らい、味わい尽くす。その姿を見ていれば風花はすべての嫌なことを忘れることができた。


「四つの忘れられたワルツ」のあと、超絶技巧練習曲の「前奏曲」と「鬼火」を弾き終えた姉はものすごい顔をしていた。

「ふうちゃん」

飛び出しそうな目をしていた。だが、声は優しかった。

「とうとう見つけたわよ、間男」

「まおとこ?」

「そう。お母さんの浮気相手」

「うそ」

「だと思うでしょ? でも見つけたの」

「お父さんは知ってるの?」

「知るわけないじゃない。だめよお父さんに言ったら」

「わかった。でもお母さん、今どこなの？」

「今日はM…市で明日からS…市だって。ふうちゃん、私今から出かけるから」

「えっ、なんで？」

「だから間男を捕まえて話をつけてくるのよ。あんたはここで待ってなさい」

「今日行かなくてもいいじゃない」

せっかく自分が東京から帰省してきたのに、なんで出かけるのと風花は言いたかった。だが姉はものすごい形相《ぎょうそう》のまま出て行ってしまった。ドアの閉まる音を聞いて、これはまずいことになったと風花は思う。

お姉ちゃんいなかったら、誰がごはん作ってくれるんだろう。

痒《かゆ》みが風花を襲う。日に何度か起きる発作だ。


「お父さん」

痒みが治まってから風花は父の部屋のドアの前に立って大きな声を出した。

「お姉ちゃんが出て行っちゃった」

やや間があって、父の声がした。

「いいえ、それはカラーチュであってかなづちではありません。〜、〜〜〜〜、〜〜〜〜〜」

そのあと、風花には聞き取れない言葉が続く。頭のなかでカタカナにさえできないので、風花は「〜〜〜〜」という記号を文字の代わりに当てている。

「お父さん」

また外国語やってるんだ。

父の職業は消防士だ。外国語の勉強は趣味で続けているレゴやプラモデルと一緒で、家の外で役に立ったことは一度もない。そこそこの日常会話ができるようになれば、その言葉に飽きるが、また少し経つと別の語学テキストを取り寄せる。今では二十ヵ国語以上話せるのではないだろうか。

父の勉強の仕方はいつも同じだ。日本語の例文を音読し、そのあと外国語で読む。暗唱できるようになるまで繰り返し発音する。ときどき黙り込むのはテキストにメモを書き込んでいるからららしい。

「赤の七番のバス停はどこですか？　そのバスは東駅に行きますか？　〜〜〜〜？〜〜〜〜？」

声をかけても無駄だ。父が集中しているときには何を言っても耳に入らない。よその家と違ってこの家では「お父さんが勉強しているときは絶対に邪魔をしないこと」と子供たちが言い聞かされてきた。子供が勉強しているときには、親は気軽に話しかけてきた。

「花瓶はテーブルの下にはありませんよ。カーテンの陰に隠しておきました。〜〜〜〜〜。〜〜〜〜〜〜」

「日本人はライベリジュトを食べません。しかし私はたいへん興味を持っています。〜〜〜〜。〜〜〜〜〜〜〜」

「立ち去れ。さもなくば警察を呼ぶぞ。〜〜！　〜〜〜！」

「エメシェは、あなたと違って冗談がわかる。〜〜〜〜、〜〜〜〜」


風花は勝手口の扉を開け、外に出た。車は駐車場に停まっていた。姉は歩きで出かけたのか。ロックはかかっていなかったので風花は助手席側のドアを開け、シートに置いてあった見慣れないファイルを手にとった。表紙に姉の、癖のある字で「調査ファイル」と書いてある。もしかして、これが姉の言っていた間男の——

次の瞬間、風花は「ひゃあ」と声をあげた。

まがまが虫が運転席や後部座席にぞろぞろいて、風花の気配に驚いて跳ねていた。何匹いるだろう、十匹かそれとも二十匹か。どうしてそんなにたくさんいるのか、どこから入ったのか、わからない。まがまが虫は気持ちが悪くて怖ろしい。

「まがまが虫」というのはカマドウマのことで、世間ではあまり言わないらしいが、昔から姉も母もそう呼んでいた。姉も風花も虫が嫌いだ。姉はたとえ一匹でも耐えられない。風花は一匹くらいならなんとかなる。だがこんなにうじゃうじゃいてはどうにもならない。あの大きな脚と予測不能な跳躍はとても気持ちが悪い、そして怖ろしい。

お父さんに退治してもらわなきゃ。

風花は車のドアを閉め、勝手口から家のなかに逃げ込んだ。

再びピアノ室に入った風花は車から持ち帰ったファイルを開く。横書きのレポート用紙に、姉の癖のある字でこんなふうに書いてある。

2011年1月14日　Kテレビ取材。タクシーで帰宅十二時半

2011年2月3日~5日　O…県へ講演と偽って出かけるも空港に目撃者なし。O…市泊とのこと、家への連絡なし

2011年2月12日　Y…市日帰り出張。終日、携帯の電源が切れていて連絡つかず

2011年2月19日　N…市内で尾行。中年男性と駅前の喫茶店に入るのを目撃。撮影には失敗

2011年2月24日　出先から電話あり。背後に男の気配

2011年2月26日　3月10日からの出張に同行することを提案

メモはここで終わっている。

これ、なんかの創作かしらと風花は思った。姉はいつから探偵の真似事をするようになったのだろう。さすがにこれはちょっとおかしいのではないか。

風花の母が出張がちでほとんど家にいないのは事実である。会社員だったころはそうではなかった。いつだったかビジネス雑誌に「女性管理職座談会」というのが載って、それ以来、テレビや週刊誌から声がかかるようになった。そのうちに会社もやめて、番組の専属コメンテーターをしたり、全国を飛び回って講演をしたり、本を書いたりするようになった。

『複眼思考で輝く女性の時代』という新書はずいぶん売れたらしいが、風花は読んだことがない。家族というものはほかの家族の仕事について必要以上に興味を持たないものだ。母はいつもテレビで仕事と家庭の両立について語っているが家のことなど何もしない。週に二度ハウスキーパーのひとが来て、あとのことは父と姉とで協力して、なんとかなっている。たまの休みには疲れたと言ってごろごろしているか、難しい顔をして難しい本を読んでいるかどちらかだ。

それでもみんな、母のことは大好きだ。何をしているのかわからなくても、大好きなのだ。そして母だって家族のことが好きなのだから、浮気とかそういうことはするはずがないと思うのだ。姉が書いていたメモは、どれもふつうに母の業務に含まれることだし、それがなぜ「間男発見」に繋がるのか根拠がわからない。

変わってるからなあ、うちの家族。

テレビでしか顔を見ない母と、誰にも通じない言葉を練習している父、そして音大出の姉は家でピアノ教師をしているが少しばかり奇矯《ききょう》なところがある。

みんな、才能あるから変わっててもいいいんだな。

自分だけ何もない、と風花は思う。実家を出て東京で下宿している平凡な大学生。頭がいいわけでも顔が可愛いわけでもない。特別な趣味もない。でも、普通に友達もいるし彼氏だって少し前まではいた。

痒くなるまでは。

ひとと違うのは、あの痒みの発作くらいだ。


ようやく父が自室から出てきた気配があり、風花はファイルを置いて居間に行った。

「おっ、帰ってたのか」

父は言った。やっぱりさっきは何も聞こえていなかったようだ。

風花はカマドウマの退治と姉がいなくなったこととどちらを先に言えばいいのかと

迷ったが、父の笑顔を見て、

「お父さん、今何語やってるの？」と、聞いた。

「ハンガリー語」

父は答えた。

「ハンガリー人はマジャール語って言うんだけどね」

「じゃあ、マジャール人は？」

「それはまあ、大体ハンガリー人のことだ」

ハンガリー語というのは全世界で千四百五十万、ハンガリー国内では一千万人しか話すひとがいないのだ、と父は言った。なぜかとても誇らしげだった。一千万人だったら全員知り合いになれるとでも言いたそうだった。

「一千万って東京の人口と同じくらい」

「そうだな」

「吸血鬼のいるところってハンガリー？」

「いやそれはルーマニア」

「ルーマニア語はやったの？」

「ルーマニア語はインド・ヨーロッパ語族だからハンガリーとは全然違う。ハンガリー語はウラル語族。エストニア語とかフィンランド語がヨーロッパの中では親戚になる」

「全然場所違うんじゃないの？」

「言葉が国境を接していないと、飛び地みたいに見えるかもしれないね」

それからトーンを低めた声で、

「実はもう、ルーマニア語はだいぶ忘れた」

と付け加えた。

「そんだけ喋れるなら外国行けばいいのに」

「別に旅がしたくてやってるわけじゃない。行ってもやることないし」

だめだなあお父さんは、と風花は思う。お母さんだったらどこに行っても楽しめるんだから、二人で一緒に出かけたらいいのに。

「お父さん、ごはんどうする？」

帰省して母がいないのはよくあることだけれど、姉がいなくて父と二人というのはめずらしい。

「寿司でも取るか。まだちょっと早いけど」

父は言った。風花はこれで一つ心配の種がなくなったと思う。三人前取ればお姉ちゃんが急に帰ってきても大丈夫だ。父が外食なんて言い出さないで良かった。

「ねえ、お父さん」

「どうした？」

「お姉ちゃん、さっき出て行っちゃったの」

父は不思議なものでも見るように風花を見つめ、台所に行って水を一杯飲んだ。それから戻ってきて言った。

「どうしたんだろうね」

「車はあったの」

まがまが虫のことを言わなければ、言わなければ。

「そうか。じゃあ戻ってくるよ」

なんだか悲しそうな顔をしていた。

「だってあんなに方向音痴なんだよ？　道に迷っちゃうよ、お父さん、私捜しに行った方がいい？」

「いや、まだもうちょっと、いなさい」

「だってお姉ちゃんどっか行くと必ずなんか起こるじゃない。台風とかさ、爆弾低気圧とかさ、大雪とかさ、洪水とかさ」

「そうだったな」

父は短く笑った。

「お母さんはそういうのはない方だったんだけどな。晴れ女だったんだ」

「三月九日に地震があったときに俺が気をつけろって言ってれば、だけど気をつけるなんて規模じゃなかったよな……二人一緒なら一人よりは寂しくないか……」

「うん」

風花は聞いてはいなかった。

お父さんはやっぱりお母さんのことが好きなのだ、と思って嬉しかったからだ。間男のことなんか話したらきっとすごく心配して、悲しがる。これは言ってはいけない、と風花は思う。お姉ちゃんが帰ってきたらそのとき間男がどんな悪い奴だったのか、どうやって制裁を加えたらいいのか、このことは父を交えず二人だけで話さなければいけない。

「風花、なんか飲むか？」

「夜勤じゃないの？　飲んでもいい日なの？」

「今日は大丈夫」

「何飲むの？　ビール？」

「コニャックにする」

父はそこでにやりと笑う。風花はそのにやりがおそろしい。

「わたし紅茶にする」

そこでやっと、まがまが虫のことを思い出した。

「お父さん、言うの忘れてた」

父がコニャックの瓶とグラスを両手に持ったまま振り向いた。

「車のなかにまがまがまが虫がたくさんいたの」

「まがまが虫？」

「カマドウマ」

「へえ、便所コオロギか」

途端に嬉しそうな顔を見せた。

「びっくりしたよ、お父さんあれ、退治出来る？」

「出来るさ」

父はどうせあとで、部屋のガラスの水槽で飼っているあの爬虫類、ヒョウモントカゲモドキの餌にしようとするのだろう。あれがカマドウマを食べるのかどうかはわからないが、いつも父はペットショップでコオロギをまとめて買ってきてはエサにしている。ヒョウモントカゲモドキが満腹になると、残ったエサのコオロギは水槽のなかで共生し、りーりーりーりーと鳴き始める。父はヒョウモントカゲモドキのことを「こんなに優雅な生き物はいない」と言って目を細めるが風花はその生き物が大嫌いだ。そして一番腹が立つのはお母さんと同じ名前をつけていることだ。

「サヨコ、寒くないかい」

父は水槽のヒーターをチェックし、全身に斑点のある爬虫類に向かって話しかける。

「サヨコ、もうお腹いっぱいなのか」


また、痒みがあふれ出した。

「ごめん、ちょっと発作」

風花は二階の部屋に行き、服の上から両手の指の腹に力を入れて、二の腕の内側や太ももを押さえた。爪を立てて掻かないようにそうするのだが、押さえたくらいで治まる痒みではなかった。風花は布団の上で身悶えする。

痒みを感じる場所は日によって違っていた。ひどい痒みの日も、なんとか我慢できる程度の日もあった。皮膚科は受診したが、薬はどれも効かなかった。何度目かの通院のときに医師は、

「多分、精神的なものでしょう。気晴らしをして、ストレスをなくして過ごしてください」

と言った。よほどただれたりしなければ、もう来なくていいとのことだった。

風花は食事に気をつけたりアロマオイルを購入したりしたが、改善する気配はまるでなかった。発作は毎日襲ってきた。

学校やバイト先で風花が痒みに耐えていると友人たちは、どうしたの、と聞いた。

最初の頃は素直に痒いと答えた。すると彼女たちは決まってこう言うのだった。

「お風呂入ってないんじゃないの？　それか乾燥肌とか？」

痛いと言えば同情するかもしれない友人たちが、痒いと言えば不潔でだらしないと言う。痛みは人の不幸に関する想像力をかきたてるが、痒みは取るに足らない下らないことだと思われる。愚かな生活習慣や、もっとプリミティブなふるまいを感じさせ、笑いを誘う。

こんなに深刻なのに。

風花はとうとう我慢できなくなる。寝返りを打つと同時にふくらはぎの後ろをぼりぼりと掻きはじめる。

「掻かない方がいいよ」

誰もがそう言う。家族でさえも。だがこの痒みがわかって言っているのか。どんな痒みなのかということを表現する言葉はない。蚊に刺された痒さの千倍くらい痒いと言ってもその千倍が通じない。

「気が狂いそうに痒いの」

そう言うと皆、

「大げさよ。精神的なものなんだからあんまり意識しない方がいいよ」と言うのだ。

強く掻けば痛みが生まれる。痛みでしか紛らわせないほど痒い。掻けば皮膚は傷つき、赤くなり、ひどくすると膿む。治りかければまた新たな痒みが生まれる。痒いということはつらくて、滑稽で、孤独なことである。「痛みを分かち合う」なんて言うけれど、本当にそんなことが出来るのだろうか。少なくとも痒みは分かち合えない。

体から意識を離したい、と思う。

風花はかぼそい声で利子率決定理論の歌を歌った。

「りーしりーつ決定の、需要投資《じゅようとうし》、りろーん」

「りーしりーつ決定の、賃金需給《ちんぎんじゅきゅう》、りろーん」

「りーしりーつ決定の、流動性選好《りゅうどうせいせんこう》りーろーんー」

その歌は大学に入ってから、試験対策のために自分で作った。ロシア民謡のような旋律だった。姉にピアノで伴奏してほしかった。きっと姉は笑ってくれるだろう。あとで、帰ってきたら言ってみようと思う。

ほかにもたくさんあった。秘密の歌があった。物覚えの悪い風花はこれまでさまざまな難関を歌で突破してきた。

学校の時間割も歌で覚えた。受験の日本史では戦国武将の歌と歴代首相の歌を作った。慣れない東京に出たときには、地下鉄路線の複雑さに目眩《めまい》がしそうだった。だがすぐに解決した。大学に行くためには、シューベルトの「野ばら」の替え歌を頭のなかで歌えばよかった。

「いーけーじーりーおおはーし、さんげんぢゃーやっ、こーまーざーわーだいがーく、さくらーしんまーちー」

そうすれば、景色の見えない地下鉄でも、どこで降りたらいいかすぐにわかるのだった。

痒みが少しずつ治まってきた。

そうだ、もっと歌を思い出そう。もっと頭のなかで歌おう。

家族四人で旅行したときの場所を忘れないための「旅先の歌」があった。それから似たような名前を覚えるための「親戚の歌」もあった。

腕や足、鎖骨のあたり、それから脇腹の痒みを確かめながら風花はひとつひとつ歌を思い出していった。

つらい時間が過ぎて発作は遠のいた。

風花はやっと起き上がって、今日の発作はこれで終わりであってほしいと思う。痒みのひいた腕や足についた爪の跡を見つめてため息をつく。

居間に戻ると父の顔は少し赤らんでいた。

「大丈夫か」

「うん、もう大丈夫。お寿司どうした？」

「頼んだよ」

父はコニャックのグラスに口をつけ、それから言った。

「なあ風花」

「なに？」

「こないだ言ってた仏壇だけど、やっぱり買おうと思ってさ」

「お父さんまだそんなこと言ってるの？」

風花は腹を立てて、甲高《かんだか》い声を出す。

「やめてよ。その話もうしないって言ったじゃない。仏壇なんてこわいよ。気味悪いよ」

「だけどなあ風花、今の仏壇には家具調とかモダンなのもあるんだよ。そういうのだったら、多分風花も嫌がらないし、こわくないと思うけどな」

「絶対いや」

風花はなぜ父が仏壇の話をするのか、わからない。父が考えていることがどうもよくわからない。消防士の仕事をするなかでなにか辛い目に遭《あ》ったのかもしれないけれど、それにしても父はおかしいんじゃないかと思う。

縁起でもない。

そうだ、この言葉だ。縁起でもないってこういうときに言うものだった。

ドアホンが鳴って寿司屋の出前が届いた。風花はまず姉の分を皿に取り分けてラップを張り、それからポットのお湯で父と自分の分のインスタント味噌汁を作った。

二人はもくもくと寿司をつまんだ。

やっぱり姉が帰ってこないことにはどうしようもない。父と二人きりで食事をするのは気詰まりだ。会話だってきれぎれになってしまう。そうかと思えばさっきみたいに変なことを言い出す。母がいないのにはいい加減慣れたけれど、姉がいなければ団《だん》欒《らん》は生まれない。

食事を終え、風花が寿司桶や茶碗を洗い終わって戻ると、父は珍しく語学のテキストを居間に持ち込んで眺めていた。

「お父さん、お風呂先に入っていい？」

風花は聞いた。

すると父はこう言った。

「私の妻はたいへん良く太っています。彼女はとても健康です。〜〜〜〜〜〜。〜〜〜〜」

そうだ、お母さんは元気なのだ。大丈夫なのだ。

胸のなかに、灯りがともったような気がした。

そして、自分はあっている、と思った。

間男なんて最初からいなかったのだ。あれはお姉ちゃんの勘違いで、お姉ちゃんは慌てて出て行っただけで、方向音痴だから少し迷っているけれどすぐに帰ってくる。お母さんだって出張が終われば必ず帰ってくる。今までもずっとそうだったではないか。だからお姉ちゃんはもうお母さんの心配をする必要はないのだ。

風花は給湯器のスイッチを押して居間に戻った。

父はまだ暗唱をしている。

「それは赤くも青くもない。なぜならそれは猫だからです。〜〜〜〜、〜〜〜。〜、〜〜〜〜」

風花はゆっくりと部屋のなかを見回した。

お姉ちゃんはいたるところから見ていた。家中のあらゆる場所にお姉ちゃんの目があった。左目も、右目も、どっちでもない目も、壁や天井にぴったり貼り付いていた。本棚の本の後ろにも、家具と家具の間にも、ポットの蓋にも、くるっとカールしたまつげと真っ黒な瞳孔を浮かべた濃い茶色の瞳と少し青みがかった白目で構成されたお姉ちゃんの目があって風花を見ていた。それらは今はもう、まばたきをしていなかった。四つの忘れられたワルツを頭のなかで繰り返し、風花は満足して目を閉じた。

神と増田喜十郎

女装しているときの増田喜十郎《きじゅうろう》はきわめて自覚的であった。あらゆる角度から自分の姿を見ることができるような気がするのだった。備わっているセンサーは鋭敏で、すべてがオンになっている、その感覚は快いものだった。

他人は関係ない。理解してもらう必要はない。

齢《よわい》七十を超えて、男女の外見の差というものが狭《せば》まってきたとしても、その境地に至るまでにはかなりの年月を費やした。

身長165センチ、やせ形の増田喜十郎は経験を積んだ女装者であり、7センチのヒールを履いてためらいなく歩き出すことも、席に座ってずっと足を閉じていることもできた。さまざまな身振りは長年の女装癖のなかでかれが工夫し、身につけてきた技術だった。

かれは、完璧なグロテスクを目指した。

完璧、というのは自然で目立たぬことをも意味した。

これはなかなか難しい。ひとびとは無意識に違和や差異を探しているからである。

「迷うなら、やらない」

船員で、たまにしか家に帰ってこなかった父の言葉をときどき思い出す。子供の頃は、父が家に帰ることが家族の数少ないイベントだった。

「迷いがないなら、やったらいい」

増田喜十郎は父が死んだときの年齢をとっくに追い越してしまっている。


歩道橋の階段に腰を下ろして、神は新しい悪について考えをめぐらせていた。雨の日のことで歩道橋に上ってくる者も少なかったが、斜めに倒した傘のなかに身を隠しているかれらが、碁石のように何の特徴もない顔をして濡れもせずに座り込んでいる神を見ることはなかった。

神は思う。

悪に必要なのは、鮮度だ——

神は退屈していた。

いっそのこと全人類から「神」の概念を奪ってしまったらどうだろう。すべての宗教はもとより存在せず、気配を感じるということもなければどうなるか。神を失った人間は一時的に混乱するかもしれない、だが諦めることなく解決に尽力するであろう。人間という存在は根本が真面目なのだ。だが努力の結果発生するのは史上最悪の依存関係だろう。

うーんいまひとつだな――

廃娼《はいしょう》という言葉が一般的に何を意味するか増田喜十郎は知っている。だからひとに対してこの言葉を発するつもりはない。かれは独自に、廃兵、廃人、廃馬などと言ったことばになぞらえて廃娼を「老いて仕事ができなくなった娼婦」と定義し、まさに自分は廃娼だと思っていた時期があった。容れ物も中身もニセモノである。人生に於いて一度も色合いというものを持たなかったからこそ、けばけばしい色をした虚偽《きょぎ》の容《い》れ物が似合うと思った。

今はもう廃娼ぶることはやめた。危なっかしい夜の町には行かないし、服装も少しばかり品のいいものになった。午後の日差しを浴びて街を散歩したり、公園の片隅のベンチで過ごせば満足するのだった。その姿でひとと話すことは殆どなくなった。年に一度は東京に出て、日本橋の千疋屋《せんびきや》か新宿のタカノのパーラーに行くのが楽しみだった。かれは若いころからフルーツが好きだった。

帰ってきて服を脱ぎ、化粧を落としてかれは弱く長い屁をもらす。

「ああ、自由の証《あかし》だ」

両親が他界したあとの家で一人住まいを続けている増田喜十郎は日々、屁のことをそう呼んで、誰に気兼ねすることもなく放屁《ほうひ》する。

神は怨嗟《えんさ》に満ちた場所にいた。その場所では誰もが、自分の怒りを正当化していた。怒りは他人のせいであり社会のせいであり時代のせいであり状況のせいであった。誰もが悪臭を発していたが、自らの臭いには気がつかず、他人が発する臭いにはおどろくほど敏感であった。誰もが醜かったが鏡のない世界のようにそのことには気がつかず、他人の醜さだけを克明に読み取るのだった。塵の塊のように密着した環境のなかで誰もが相手に悪意があると思い込んでいた。

マジで死んでくれない？

足を踏まれただけでそう思う者さえあった。

どうせみんな死ぬのにな――

見上げるのは中吊り広告だった。身動きがとれぬまま移動するときには、自分以上の悪意と中傷に満ちた広告を見つめるのが気晴らしの方法だった。

このままでは潰されてしまう――

そう思った神は前翅長《ぜんしちょう》60ミリほどの蛾に姿を変え、つり革からつり革へと飛翔をはじめた。たちまち密集したひとびとは混乱に陥った。悲鳴を発するものもあり、蛾を避けようとして激しく首を振るものもあった。神はそのなかを飛び回り、ときに網棚につかまって大きな羽を休めた。まるまると太った柔らかい腹の縞模様に多くの視線が集まった。

ところでこの、生臭く異様にCO_2濃度が高い空気のなかで神の名を呼ぶ者があった。

神様お願い、今日も斉藤君に会えますように

こんなところで祈るな――

蛾の姿で神は思う。

そんな漠然と斉藤とか言われたって、知るか――

車両のなかのひとびとはタテヨコを逆にした死体のように折り重なっていた。ひとを突き飛ばすほどの力で踏みとどまらなければ体を支えられなかった。

だがこれは悪ではない。単なる迷惑だ――

電車が終点に着くと、神は蛾の姿のまま怨嗟に満ちた人々に混じって生暖かい空気とともにホームに投げ出され、少々平衡を失いながら飛び去った。

寿命が余分に残っている、というより余分な生き方を続けてしまっている。時間が邪魔だった。

かつては死に急ぎたいと思ったこともあった。

しかし増田喜十郎は死なず、周りが死ぬたびにしがらみがポキポキと音をたてて折れていき、生き恥をさらすことにためらいが薄れていった。

特にタカちゃんが死んでからはなあ。

「死んだら終わりだぜ。ホンノキだぜ！」

っていつもしつこいくらい言ってたタカちゃんがなあ。


増田喜十郎は中学、高校と陸上部で幅跳びをやっていた。幅跳びを選んだのは、その競技が好きだったわけでも、好成績を残せたからでもない。なにかをひとりで黙々とやりたかっただけだ。高校二年の春に膝を傷《いた》めてかれは部活をやめた。暇になってから、同じクラスの大塚貴史《たかし》と親しくなった。大塚のことはみんなタカちゃんと呼んでいた。増田はただのマスダだった。

タカちゃんは大塚内科医院の次男坊だった。実家は白亜の洋館で玄関前の車寄せには棕櫚《しゅろ》の木が何本も植えてあった。なぜ椰子の木ではなく棕櫚なのかわからない。富の象徴だったのか、それとも縁起がよかったのか。タカちゃんの兄は跡取り息子で医学部に通っていた。妹は県内ではお嬢さん学校と呼ばれる中学に通っていてピアノを習っていた。それは当時の増田の地元ではかなり珍しいことだった。

増田は自分からタカちゃんに話しかけようとは思わなかった。住む世界が違うと言ったら大げさかもしれないが、少なくとも文化は違った。タカちゃんは映画館や喫茶店に通い、本や雑誌を大量に買って読んでいた。ジャズや学生運動や株式のこともよく知っていた。

恵まれた環境にあるタカちゃんはしかし、いつも悩んでいた。タカちゃんは思想について、情熱について、努力について、将来について、日本と世界について悩んでいた。増田はかれの悩みがくだらないと思った。増田にとっての社会とは人間同士が干渉しあって暮らしているものであり、他人とは若さと暑苦しさをはき違えて押しつけてくる存在に過ぎなかった。

それでもタカちゃんは増田を喫茶店に誘ってとめどなく語るのだった。増田は奢《おご》られたコーヒーをすすりながら聞き役に徹していた。一度だけ、求められて自分の意見を言ったことがある。

「ぼくは他人に影響を与えたくない」

するとタカちゃんは太い眉をくいっとあげて、

「やっぱりマスダはひと味違うんだな」

と言った。満足そうな表情だった。

タカちゃんと話すようになって、増田も少しはものを考えるようになった。自転車で港まで行って、ひとのいない場所でリンゴやイチジクをかじりながらかれは考えた。

自分の言葉は透明なフィルムだ。会話によって姿は見せているが風雨や害虫から自らを守る。そのために相槌を打ち、理解を示すのだ。答えにくいときの沈黙もひとつの言葉だった。だが、タカちゃんの言葉は違っていた。透明なフィルムではなかった。同じ日本語なのに、どこが違うのかはよくわからない。

　増田はそんなことを考えながら日々を過ごした。


　高校を卒業すると増田は家を出た。就職先を大阪で決めることに理由はなかった。玩具メーカーに就職したのは採用してくれたからだった。かれは毎日プラスチックの成形をしていたが、オイルショックの影響で会社は倒産した。大阪に住み続けたい気持ちがなかったので、増田は浅いつき合いだった恋人と別れて地元に戻った。しばらくはぶらぶらしていたが、母方の親類が口を利いてくれたのでプロパン屋で働くことになった。それからはずっとガスボンベの配送をしていた。

　大阪時代の恋人からは二度か三度、手紙が来たが、返事を書きあぐねているうちにそれも途絶えた。昔からかれは女性に対して淡い憧れを持つことはあっても、深く好きになるということがなかった。縁談をすすめられたがかれは断り続けた。自分でもなぜそれほど頑《かたく》ななのかわからなかったが、母親もそのうち諦めた。

　タカちゃんが市議会議員になったと聞いて増田は驚いた。なにに驚いたかと言えば四十を過ぎたばかりなのにポスターのタカちゃんの髪がまっ白になっていたからである。市議を三期務めた後、タカちゃんは市長選に立候補した。地元のニュースで市長に当選したタカちゃんを見て増田はもう一度驚いた。髪を真っ黒に染めたタカちゃんはすっかり若返っていた。選挙戦の間は白髪だったのに、受かってから急に気がついたんだな。そういうおっちょこちょいなところがあったなあ。

ある日配送から戻ってくると、社長に呼ばれた。これから飲みに行くからつき合えと言うのだった。忘年会や社内旅行以外で社長と増田が酒を飲むことなどなかったから、かれは社長のマジェスタを運転しながらわけを聞いた。

「市長が会いたがっているんだよ、増田に」

増田は慎重に、学生時代の同級生ではあるが何十年も会っていないし、こんな格好で会いに行っては申し訳ないような気がする、と述べた。かまわないだろう向こうが会いたがってるんだから、と社長は言った。

古くからある割烹《かっぽう》の二階の座敷でタカちゃんは待っていて、昔と変わらぬ笑顔で、「マスダ、なんで同窓会出てこないんだよ」と言った。

増田は社長が敬語を使って謙《へりくだ》る相手に対して友達言葉で話すことができなかった。しかし丁寧に話せばまるで縁のない人間のようで冷淡に思われるかもしれなかった。

タカちゃんと社長が交わす市政と地域経済の話を聞きながら、居心地の悪い場を我慢していると社長が言った。

「増田、前から相談されてたんだが、市長のお手伝いをしてみないか」

タカちゃんが社長の言葉にひとつ頷《うなず》くと身を乗り出してきた。

「なにも市役所で働けってわけじゃない。今まで通り社長さんのところで働き続けてほしいけれど、不定期で用事を頼んだり、ざっくばらんに相談する相手が欲しいんだ。役所の人間を使えない仕事もあるんだよ。言うなればブレーンってやつだ」

困ったことになったと思った。増田は自分が一番阿呆に見える顔をした。

「雑用もあって面倒かもしれないけど、無茶なことは言わないから安心してよ」

こんな年になって、と増田が言うとタカちゃんは、俺もこんな年なんだよ、と笑った。

「たとえば今日みたいな飲み会よ。公用じゃないけどプライベートとも言えないようなときに場所を決めてもらったりさ。電車の切符買ってきてもらうとかさ。あとは図書館で何か調べてきてもらうとか、難しいことじゃないんだぜ」

「俺は経営者だからブレーンの必要性がよくわかる」

社長が言った。増田はうつむいた。

「考えてくれないかな」

タカちゃんが畳みかけた。

「じゃあ、半年だけ」

増田は小さな声を出した。タカちゃんが、なんで半年？　とおかしそうに聞いた。

「もしかして嫌になるかもしれないし」

「マスダもうお酌《しゃく》はいいから飲めよ」

タカちゃんが言った。

社長に、マジェスタはどうしますかと聞いたが、そんなもん置いていけばいい、とのことだった。明日自分が取りに来なければならないのだろう。

翌月から増田は配送のシフトから外れて、在庫管理の仕事をするようになった。古傷の膝が痛む日が多かったから、たしかに体は楽になった。給料は少し増えた。週に二、三回呼び出されるようになった。社長は、どんなタイミングで呼び出されても市長を優先するように、と言った。最初のうちは電話一本で早退することに気後《きおく》れがあった。

タカちゃんから頼まれる仕事は多岐にわたった。資料集め、書類整理、チラシ作り、選挙のときの事務員、運転手、自宅用の事務機器の購入など、次に何を頼まれるのか予測がつかないほどだった。

休日が潰れても増田はそれほど不満を持たなかった。母と家で過ごす休日を気詰まりに感じていたからである。

タカちゃんの奥さんである田鶴子《たづこ》さんはなにかと気を配ってくれた。増田の母に羽根布団を贈ってくれたのも、フルーツが好きな増田に千疋屋の存在を教えてくれたのも田鶴子さんだった。

「なんでぼくを雇おうと思った?」

ずっと後になって増田はタカちゃんに聞いた。

「うん、その質問が何年も出ないからだよ」

「よくわからないな」

「マスダにはコンプレックスがない。そこがいいとこなんだぜ」

「そんなこと、ないと思うけど」

また別のとき、タカちゃんはこう言った。

「早く年寄りになりたいなあ」

「なぜ?」

「引退してさ、なにやっても耄碌《もうろく》で済まされるようになったらこっちのもんだぜ」

「市長って大変なんだな」

「年とったらバカ騒ぎしようぜ」
だがタカちゃんは耄碌するまでは生きてはいなかった。

増田喜十郎が女装をはじめたのは、タカちゃんの手伝いを始めたばかりのころだった。県外の都市に出張する機会があった。目的は委員会の議事録を閲覧《えつらん》することだった。金曜日だったのでかれはビジネスホテルに投宿した。繁華街で夕食をとったあと、好奇心で通りがかりに見つけた女装バーを訪れたのだった。誰も知り合いはいないし、二度と来ない場所だからこそ遊び心が出た。衣装を借り、メイクを施してもらううちに、気持ちが昂《たかぶ》った。

知らない自分が鏡のなかにいた。

増田喜十郎はこれほど長時間鏡を見たことはなかった。見ようと思ったことがなかった。白粉とアイシャドウとチークをはたき、ラズベリーの色の紅をさした顔、むきだしになった首から肩の線、光沢のあるエメラルドグリーンのドレスとその下の厚手のタイツを穿いた脚のかたち。かれは驚きをもって自分の姿を眺めた。毒々しい、と思ったがなぜか嬉しかった。ウィッグの毛先が触れる首筋はくすぐったく、腕はどのように動かしていいかわからなかった。店主や常連がステキよ、キレイだわ、と口々に言った。店内には増田と変わらない年代や、もっと老けて見える者もいた。

一度きりのつもりだったのに、華やいだ気持ちは忘れがたく、それからかれは数ヶ月に一度、隣県の女装バーに通うようになった。そういった店の常連には同性愛者もそうでない者もいた。増田喜十郎は同性愛には興味がなかったが、見るからに不自然な体軀《たいく》と身振りの者たちが女言葉で愉快に喋る空間を面白く感じてはいた。けばけばしい衣装を身につけても相変わらず口数は少なかったのでかれは「おしとやかねえ」と言われた。

神は夜明けの丘に立って街を見下ろしている。

夜明けはいつもグレーの明暗からはじまる。黒は光の吸収である。白というのは光の反射である。絵の具の三原色を混ぜればすなわち黒であり、光の三原色を混ぜれば白となる。

このまま闇の側に姿を消してしまいたいが、神は行かなければならない。次の戦場へ、次の事故現場へ、次の被災地へ。

神は苦しんでいるひとととともにある。しかし誰も助けない。誰も救わない。

ひとびとが求める救いというのは妄想でもあるんだが、妄想っていうのはやけに力があるんだよな——

祈りが多すぎるひとの世は神にとって若干棲《す》みづらい。

増田喜十郎が自前で女物の下着や衣服を調達するようになったのは、父があっけなく逝き、長く入院していた母を看取《みと》ってから後のことだった。通信販売を使えば化粧品でもブラジャーでもタイツでも、そしてさまざまな髪型のウィッグさえも怪しまれずに取り寄せることができた。かれは女装バーに通うのをやめた。華美なドレスの代わりに着回しがきいて品質のいいものを着るようになった。さすがに母の衣服は身につける気になれなくて処分したが、残っていた僅かばかりのアクセサリーは「相続」した。衰えていく肌の手入れをしながらかれは充足を覚えた。

女装はしても女言葉を話すことには抵抗があったので、増田喜十郎は「ぼく」を「私」に変えただけの丁寧語で話した。自分を守る透明なフィルムであった言葉が、わざとらしい女言葉を使うことで過激になりすぎると考えたからだ。無彩色であった自分が女装によって色彩をまとうことをかれは楽しんだ。行き交うひとびとの視線が疑いや違和感を持って反射したり通り抜けたりすることを感じるときに、気持ちが高揚した。別人である女装者の自分を迎え入れるとき、意識は隅々まで行き渡った。

タカちゃんが市長を務めた三期十二年間、増田はかれを支え続け、その間にプロパン屋は定年退職した。選挙のときだけは嫌になるほど忙しかったが、そのほかは完全に日常となっていた。

すべてをシミュレーションしないと増田喜十郎は行動ができなかった。もとから持っていた無器用さが年をとってさらに際だったのかもしれなかった。頭のなかには失敗したときの対策も含めた綿密なフローが組まれていた。フローを作っているときのかれは悪魔のように有能だった。悪い結果が出れば、ためらわずシステムごと作り替えた。

もう次の選挙には出ないと言って市長を引退して、三年も経たないうちにタカちゃんは脳溢血で倒れて病院で亡くなった。

タカちゃんの死後も、増田は田鶴子さんの運転手だけは続けていた。お金のためではないと言っても田鶴子さんは必ず日当を包んでくれた。断ろうとしても「そんなこと大塚が納得しないわ」と言われたらどうしようもなかった。かれは日曜日の夕方に電話をかけて一週間の予定を聞いた。急な訃報《ふほう》やお見舞いがあっても駆けつけた。

タカちゃんの七回忌の法要の帰りの道中だった。後部座席から田鶴子さんが言った。

「ねえマスダ、今度女同士で遊びに行きましょうよ」

増田はぎょっとした。

「なんのことですか」

「私知ってるのよ。マスダが女装してるの、見たことあるの」

ルームミラーに映る田鶴子さんはいつもと変わらぬ表情だった。

「どこで見たんです？」

増田喜十郎はそう言うのがやっとだった。

「だって千疋屋パーラーを教えたのは、私よ」

田鶴子さんは言った。

「『世界のフルーツ食べ放題』のときですか？」

「薄紫のモヘアを着てたわ。かわいかったわよ」

田鶴子さんは言った。

「でも。気持ち悪くはなかったですか」

「私はあまり抵抗ないのよ。不思議とね。人間っていろいろあるじゃない」

遮断機が下りていた。電車が通過するのを待つ間、増田はどう伝えようか躊躇したが、踏切を越えて走り出してから思い切ってそのままを言った。

「だからと言ってぼくは、男が好きなわけじゃないんです」

「わかるわ」

「でも女性を本気で好きになったこともない」

「そうね」

「多分、自分が好きなだけなんです」

ミラーのなかの田鶴子さんが笑みを浮かべていた。

「知ってるわよ。大塚も言ってたわ。だからいいんですって。マスダはひとのこと見ないから」

そうそう遊びに行く話をしようと思ったのよ、と田鶴子さんは言った。

「遊びって」

「温泉行きましょうよ。あなたちゃんと女の格好で来るのよ」

「温泉ですか」

「行きたい宿があるのよ。オフシーズンで割引なの」

「でも」

「お婆さん同士が旅行に行って何がわるいのかしら」

田鶴子さんは、詳しいことはあとで連絡するから、と言った。

温泉旅行の日、増田喜十郎は初めてスカートを穿き、ゆるいパーマのかかったウィッグをつけて大塚家に向かった。いつものように線香を上げるのも緊張した。タカちゃんはどう思うだろう。笑うだろうか、失望するだろうか。そして田鶴子さんと二人きりで旅に出ることが後ろめたかった。タカちゃん、呆れるかもしれないけど心配しないでくれ、増田喜十郎は仏壇に手を合わせて願った。

　トランクに荷物を入れると、田鶴子さんはいつもの後部座席ではなく助手席に乗った。

「ちゃんと地図も持ってきたのよ。お茶いるときは言ってちょうだいね」

　たしかに婆さんが運転する車で、もうひとりの婆さんが後部座席に座っているというのは奇異である。助手席にいる田鶴子さんとはいつもより話が弾んだ。

「大塚はねえ、いつもマスダが羨ましいって言っていたのよ」

「なにがですか」

「自分なんかよりよっぽど決断力があるって」

「ああ、それは迷わないからです」

「そう言ってたわ」

「迷うほど、頭よくないですから」

「でも、口数が多くないのはいいことだわ」

「タカちゃんは、あれは仕方ない」

「そうね、でも自分が喋ってばかりで私の話なんかちっとも聞いてくれないの。ときどきさびしかったわ」

「家では違うかと思っていました」

「同じよ。いつも同じ」

田鶴子さんは笑った。

ふと思った。タカちゃんの言葉は食べ物に近いのかもしれない。直接ひとの中に入っていき、エネルギーとなったりビタミンを与えたりする。ときには胃にもたれたり甘すぎたりもする。自分の言葉はフィルムであり、タカちゃんの言葉は新鮮なフルーツではなかったか。

戦国武将ゆかりの寺院を拝観し、紅葉が見頃となった滝で写真を撮ってから旅館に向かった。割引があるとは聞いたが、田鶴子さんが予約した宿はずいぶん豪勢なところだった。案内された部屋には、広い座敷のほかに洋室と四畳半がついていた。

温泉の男湯から上がって来た増田喜十郎は四畳半に閉じこもって浴衣を脱ぎ、下着を整え、胸に詰め物をし、白いタートルネックのセーターとウールの巻きスカート、カラータイツを身につけた。化粧は風呂に行く前に一度落としたが、下地をつけて軽く粉をはたき、淡い色の紅を引いた。鏡台の前に正座しているとき、仏壇のタカちゃんが見た自分はこんなふうなのだ、と思った。そんなことを思うのは隣室で田鶴子さんがゆったりとくつろいでいるからに違いなかった。

仲居が来て手早く食事の支度を調《ととの》えた。地元の和牛を中心としたコース料理だった。

食事をあらかた終え、地酒をちびちびと飲みながら増田喜十郎は言った。

「タカちゃん、神を見たって言ってました」

「え？」

「奥さんが検査で入院してたときです。車の鍵がないんで戻って探そうとしていたら、声をかけられたんだそうです」

「そうなの」

「はい。歩道橋から下りてきて渡してくれたと言ってました。反対側から来たひとなのに鍵を持っていたんです」

「それが、神様なの？」

田鶴子さんは明るい目で言った。

「お礼を言って名前を聞いたんですって。そしたら神って。聞き返したら『精神病のシンと書く』と言ったそうです。珍しいけどそういう苗字もあるだろうって言ったんですけどね。すれ違うときにものすごい大勢のひとが歩いているような靴音がしたそうです。それで、あれはほんとの神だって」

「そんなことがあったの」

「ええ」

「ほかにも、なにか言われたのかしら」

「いえ。多分、なにも」

「不思議ね」

「どんな顔してたか聞いたんです。そうしたら覚えてないって。ゆでたまごみたいにつるんとしてたけれど、靴音にびっくりして顔は覚えてないと言ってました」

「マスダが聞いてくれてよかったわ。私だったら、そんなの気のせいでしょって頭ごなしに否定してたと思うから」

翌日は直売所に行き、ラ・フランスを一箱買った。あとは帰るだけだった。高速に乗ると短い旅ながら終わりの気持ちが押し寄せてきて二人とも無口になった。休憩を取るために寄ったサービスエリアでコーヒーを飲み、楽しかったですと増田喜十郎は言った。また行きましょうねと田鶴子さんも言った。走り出すとまた二人は沈黙した。

こんなことは最初で最後だろう、と増田喜十郎は思った。田鶴子さんが友達のように接してくれることは嬉しかったが、それが続けば重荷になることがわかっていた。

ひとびとは戦争で死んでいった。子供たちは原因を明かされぬ病で死んでいった。災害は都市も農村も根こそぎにした。

神はいつもそこにいた。

お力になれず、申し訳ない——

神は跪《ひざまず》いて人類に詫びた。

だが神は知っていた。かれにとってのこの世界はかれが手に持っている一本のタバコに過ぎないのだった。その殆どは既に灰になっていて、残った小さな火種もなにかに押しつければ消えてそれっきりになるのだった。

そして神の懐《ふところ》には別のタバコのケースがあった。この世界が消えても、次の世界が終わったとしても、神のストックは無限にあるのだった。

映画館を出て歩いていると、駅前の大画面テレビが遠くない場所にある火山が大規模な噴火活動を始めたというニュースを伝えていた。このところ連続して起きていた小さな地震は火山性微動だったとアナウンサーは言った。それがわかったところでどうしたら良いのだろう。あれこれ買いそろえた方がいいのだろうか、今夜田鶴子さんに電話してみよう、と増田喜十郎は思う。駅に向かって横断歩道を渡ったところでかれは歩道の段差に躓《つまず》いて大きくバランスを崩した。神がすれ違ったのはそのときだった。

「危ない」

神はとっさに手を伸ばし、増田喜十郎の腕を支えた。

「ばあちゃん、大丈夫か」

　神は言った。増田喜十郎の支えられた体は奇妙な具合に硬直して、相手の顔を見上げることができなかった。碁石のようなひとだというイメージだけが脳裏を走った。

「ごめんなさい、ありがとう」

　増田喜十郎は、転ばなかったことと、女装がばれなかったことに安堵し、感謝した。しかしなぜか手を伸ばして支えてくれた相手ではなく、神に感謝しているような気がしていたのである。

「強震モニタ走馬燈」中の強震モニタについては、防災科学技術研究所（ＮＩＥＤ）のK-NET／KiK-netのシステムとデータを参考にさせていただきました。「ニイタカヤマノボレ」中のアスペルガー障害については、執筆当時の分類です。現在では「自閉症スペクトラム」に分類されています。

――著者

解説

吉村萬壱

何なのだろう、この哀しくも爽やかな読後感は。

読み終わった時、気のせいか、どこからともなく沢山の人たちの囁く声が聞こえてくるような錯覚に囚われた。その声は空からやって来て、この『忘れられたワルツ』という本（ここにあるのはゲラであるが）を出たり入ったりしているように思えた。楽しそうでも哀しそうでもあり、そして苦しそうでもあった。もちろんそんな声が実際に聞こえたわけではない。萬が壱聞こえたとしても、きっと何を言っているのか分からないだろう。声の気配は大勢で、『忘れられたワルツ』は分け隔てなく全員を空の彼方から連れてきたものらしいと想像しながら頁をパラパラと読み返している内に、その理由が分かった。

この感覚は、最後の短編「神と増田喜十郎」の、次のくだりから来たものに違いない。

主人公の喜十郎の友人タカちゃんは、脳溢血で死ぬ。そのタカちゃんが生前、喜十郎に神に会った話をした。喜十郎がその話をタカちゃんの妻田鶴子さんに伝える場面である。

「すれ違うときにものすごい大勢のひとが歩いているような靴音がしたそうです。それで、あれはほんとの神だって」

この一文を読んだ時、私は、神というものを無数の靴音で表現するその単純な手法に驚いた。たったこれだけの言葉で、間違いなくそこに神が現れたのである。小説の中だけではない。実際に横を通り過ぎたような気さえした。何というスゴ技か。

この神は戦争や災害で死にゆく無数の者たちと共にいて、そして誰一人救ってこなかった神である。「お力になれず、申し訳ない――」と人類に謝罪しつつ、非情であることをやめない神。これはまさに自然そのものだ。人間を呑み込み、命を奪う海や山や風。にもかかわらず、我々はこの自然を神として仰ぐ。そこには人間の祈りを超えたものがある。この神は、たとえばこんなふうに記される。

「このまま闇の側に姿を消してしまいたいが、神は行かなければならない。次の戦場へ、次の事故現場へ、次の被災地へ。

神は苦しんでいるひとととともにある。しかし誰も助けない。誰も救わない」

もしここまでであれば、私は同じ小説の書き手として、何とか太刀打ちできると高をくったであろう。しかし次の文で私は飛び散った。

「ひとびとが求める救いというのは妄想でもあるんだが、妄想っていうのはやけに力があるんだよな――

祈りが多すぎるひとの世は神にとって若干棲《す》みづらい」

どんな絶望的な状況にあっても、人間は祈ることができる。それが人間の持つギリギリの希望であり、強さであり、美しさであると、私は心のどこかで信じようとしていたが、それがいとも易々と踏み越えられていて、虚を突かれた。祈りが最後の希望や光であるなんて、単なる妄想に過ぎなかったのではないか。

祈りをここまで相対化してしまえる書き手は、恐らく数えるほどだと思う。ちょっと空恐ろしい気もする。

しかしここにあるのは絶望ではないのだ。

読者を絶望に叩き落すのは、その小説の中にある真実面《づら》をした嘘である。そして嘘は往々にして生温い湿り気を帯びて生臭い。しかし絲山作品はこの点、一点のまやかしもなく乾いている。絲山氏は事実しか信じない。

「ニイタカヤマノボレ」の主人公の叫びは、そのまま作者の叫びだと思う。

「わたしは作り話がきらいだ。誇張もきらいだ。鉄塔が好きなのは誰もロマンチックだなんて言わないからだった。鉄塔にあるのは事実だけだった。そしてわたしの拠り所は、いくら人から屁理屈だと言われても、事実だけだった」

乾いた突き抜け感によって、疲弊した読者の息を吹き返させる魔術は絲山作品全般の特徴である。鉄塔のように毅然としているのだ。人を救おうとする書き手が、読者を救えるとは限らない。時に読者は、「自分の目的しかなくて、関係ないひとに用事はいっさいない」鉄塔のような作品によってこそ、驚くほど楽になるものだ。

この本に収められた短編は、全て二〇一二年から二〇一三年の間に発表されている。二〇一一年三月十一日に東日本大震災が起こり、一万五千八百九十四人が亡くなり二千五百四十六人が行方不明になった未曾有の大災害から、まだ一、二年しか経過していない頃である。にもかかわらず、救いを、祈りを、斬って捨てるがごとき作品が書かれた。

しかしここで斬り捨てられたのは本物の救いや祈りではなく、作り話であり誇張であり嘘なのだ。

実際あの時我々は、何か作り物めいた言葉を懸命に連呼していなかっただろうか。

「ニイタカヤマノボレ」の「わたし」は、恋人の鯖江君に言う。

「ごめんわたしふつうがわからないの。フツウとミンナはわからない」

これが、鯖江君にアスペルガーだと言われた「わたし」固有のものではなく、実は「ミンナ」の問題であることを彼女の言葉は示唆する。

「最初の震災のあと、ひとびとの言うことがわかりやすくなった。とてもクリアになった。白と黒、0%と100%で物事を考えるのはわたしの悪い癖だといつも注意されていたのに、みんなもそうなってしまったようだった」

巨大な災厄によって人々のフツウが機能不全を起こし、やがて機能停止する。

「だが、二度目、三度目の震災に襲われてから、ひとびとはあまり物を言わなくなったし、わたしも悩まなくなった」

そして震災直後の自粛ムードを経て、人々は大急ぎで、失われたものを取り戻そうとするかのように、声高に同じような言葉を口にし始める。しかし果たして本物の祈りというものが、あの時盛んに連呼されたようなスローガンという形をとるものだろうか。

「恋愛雑用論」の主人公の「私」は思う。

「私は友達に違和感を覚えた。家族にも違和感を覚えた。テレビにも政治家にも違和感を覚えた」

一つになることで人々が懸命に取り戻そうとしたのは、フツウという妄想だったのかもしれない。「嘘と相槌」に満ち、「雰囲気だけで善悪を判断できる」といったフツウには実は何の実体もない。従って絶えずフツウでないモノ、異常なモノ、外れたモノを排除することによってしか成立し得ない。「みんなは一つ」と言いながら、復興したのが多数派中心の旧態依然の差別構造でしかなかったとすれば、それは神でなくとも「うーんいまひとつだな――」と言わざるを得ないお粗末な代物でしかなかろう。しかも本当は、もうそのフツウそのものが、存在していないのかもしれないのである。

「強震モニタ走馬燈」の魚住は言う。

「もうふつうなんてなくなっちゃったんです」

「ふつうがあったのはせいぜい十年くらい前までじゃないですか。今現在、五年後のふつうなんて想像できます？　できないでしょ」

しかしどんな時代になっても、人々は生きていくしかない。死んでいないからだ。復興とはフツウを取り戻すことであり、即ち無数の雑用が戻ってくることでもある。生きることのすべてが雑用なのだ、恋愛ですら。絲山氏のこのような筆の温度の低さに、読者はたびたびハッとさせられる。そして一体震災直後のあの熱狂は何だったのかと、後ろを振り返りながら首を傾げるのである。

どの作品にも押し付けがましいところはなく、むしろ作者が最も言いたい一文はあえて書かれていない気配すらある。従って読者は、自らの手でそれを補うことによって作品の完成に積極的にたずさわる。画竜点睛は読者に委ねられているのだ。この、読者をどこまでも信頼する勇気は実に潔い。

「葬式とオーロラ」のオーロラ発生装置を運ぶ女性、「NR」の津田と湯浅、「忘れられたワルツ」の母とお姉ちゃん、いずれも愛すべき人物たちだ。彼らのユーモアに満ちた言動に元気付けられながら読み進める内に、ふと彼らの姿が次第に色を失って透明になっていくのに気付いた時の切なさと言ったらない。

読みながら私は震災のあの日に、突然行き場を失った無数の声が一挙に空へと放たれていったことを思った。その声たちは、自分たちの代わりに言葉を紡いでくれる依り代を探しながら当てもなく空を漂っていたに違いない。それはこちらが声高なスローガンを叫んでいては、決して聞こえない微かな声だったはずだ。

本当に意味のある作品は、作品自体が作者を見つけ出し、作者に書かせることで産まれてくるという。この本を読んで私は、絲山氏が間違いなくそんな声なき声を託された書き手だと思わずにいられなかった。この解説を書く内に、たとえ幻聴であったとしても、私はこの本からの無数の声を聞いたのだと信じる気になっている。

声はいつの時代も決して絶えることがない。

「ニイタカヤマノボレ」の「わたし」は言う。

「なにか黒いものが迫ってきていることをわたしは知っている。追いつかれたくない。わたしは叫び続ける」

しかしまた、それがどんなに悲痛な叫びを扱っていても、作品のどこかに必ず哄笑による解放が準備されているところがまた凄い。笑いこそ絲山文学が我々を勇気づける最大の武器であり、強度であり、快楽であろう。何度も笑わされ、泣かされ、そして最終的に浄化される六根清浄小説の白眉である。

（作家）

本書は、二〇一三年に新潮社より単行本として刊行された『忘れられたワルツ』を文庫化したものです。

初出一覧

恋愛雑用論　「新潮」二〇一二年三月号
強震モニタ走馬燈　「新潮」二〇一二年七月号
葬式とオーロラ　同右
ニイタカヤマノボレ　「新潮」二〇一二年十月号
NR　「新潮」二〇一三年一月号
忘れられたワルツ　「新潮」二〇一三年三月号
神と増田喜十郎　同右

忘《わす》れられたワルツ

二〇一八年 一 月一〇日 初版印刷
二〇一八年 一 月二〇日 初版発行

著 者 絲山秋子《いとやまあきこ》

発行者 小野寺優
発行所 株式会社河出書房新社
〒一五一－〇〇五一
東京都渋谷区千駄ヶ谷二－三二－二
電話〇三－三四〇四－八六一一（編集）
〇三－三四〇四－一二〇一（営業）
http://www.kawade.co.jp/

ロゴ・表紙デザイン 粟津潔
本文フォーマット 佐々木暁
印刷・製本 中央精版印刷株式会社

Printed in Japan ISBN978-4-309-41587-1

窓の灯

青山七恵　40866-8

喫茶店で働く私の日課は、向かいの部屋の窓の中を覗くこと。そんな私はやがて夜の街を徘徊するようになり……。『ひとり日和』で芥川賞を受賞した著者のデビュー作／第四十二回文藝賞受賞作。書き下ろし短篇収録！

ひとり日和

青山七恵　41006-7

二十歳の知寿が居候することになったのは、七十一歳の吟子さんの家。奇妙な同居生活の中、知寿はキオスクで働き、恋をし、吟子さんの恋にあてられ、成長していく。選考委員絶賛の第百三十六回芥川賞受賞作！

やさしいため息

青山七恵　41078-4

四年ぶりに再会した弟が綴るのは、嘘と事実が入り交じった私の観察日記。ベストセラー『ひとり日和』で芥川賞を受賞した著者が描く、ＯＬのやさしい孤独。磯崎憲一郎氏との特別対談収録。

寝ても覚めても

柴崎友香　41293-1

あの人にそっくりだから恋に落ちたのか？　恋に落ちたからそっくりに見えるのか？　消えた恋人。生き写しの男との恋。そして再会。朝子のめくるめく10年の恋を描いた、話題の野間文芸新人賞受賞作！

第七官界彷徨

尾崎翠　40971-9

「人間の第七官にひびくような詩」を書きたいと願う少女・町子。分裂心理や蘚の恋愛を研究する一風変わった兄弟と従兄、そして町子が陥る恋の行方は？　忘れられた作家・尾崎翠再発見の契機となった傑作。

ブラザー・サン　シスター・ムーン

恩田陸　41150-7

本と映画と音楽……それさえあれば幸せだった奇蹟のような時間。「大学」という特別な空間を初めて著者が描いた、青春小説決定版！　単行本未収録・本編のスピンオフ「糾える縄のごとく」＆特別対談収録。

河出文庫

小川洋子の偏愛短篇箱

小川洋子〔編著〕 41155-2

この箱を開くことは、片手に顕微鏡、片手に望遠鏡を携え、短篇という名の王国を旅するのに等しい――十六作品に解説エッセイを付けて、小川洋子の偏愛する小説世界を楽しむ究極の短篇アンソロジー。

福袋

角田光代 41056-2

私たちはだれも、中身のわからない福袋を持たされて、この世に生まれてくるのかもしれない……人は日常生活のどんな瞬間に、思わず自分の心や人生のブラックボックスを開けてしまうのか？　八つの連作小説集。

泣かない女はいない

長嶋有 40865-1

ごめんねといってはいけないと思った。「ごめんね」でも、いってしまった。――恋人・四郎と暮らす睦美に訪れた不意の心変わりとは？　恋をめぐる心のふしぎを描く話題作、待望の文庫化。「センスなし」併録。

銃

中村文則 41166-8

昨日、私は拳銃を拾った。これ程美しいものを、他に知らない――いま最も注目されている作家・中村文則のデビュー作が装いも新たについに河出文庫で登場！　単行本未収録小説「火」も併録。

掏摸《スリ》

中村文則 41210-8

天才スリ師に課せられた、あまりに不条理な仕事……失敗すれば、お前を殺す。逃げれば、お前が親しくしている女と子供を殺す。綾野剛氏絶賛！大江賞を受賞し各国で翻訳されたベストセラーが文庫化。

ハル、ハル、ハル

古川日出男 41030-2

「この物語は全ての物語の続篇だ」――暴走する世界、疾走する少年と少女。三人のハルよ、世界を乗っ取れ！　乱暴で純粋な人間たちの圧倒的な“いま”を描き、話題沸騰となった著者代表作。成海璃子推薦！

コスモスの影にはいつも誰かが隠れている

藤原新也　41153-8

普通の人々の営むささやかな日常にも心打たれる物語が潜んでいる。それらを丁寧にすくい上げて紡いだ美しく切ない15篇。妻殺し容疑で起訴された友人の話「尾瀬に死す」（ドラマ化）他。著者の最高傑作！

ふる

西加奈子　41412-6

池井戸花しす、二八歳。職業はＡＶのモザイクがけ。誰にも嫌われない「癒し」の存在であることに、こっそり全力をそそぐ毎日。だがそんな彼女に訪れる変化とは。日常の奇跡を祝福する「いのち」の物語。

「悪」と戦う

高橋源一郎　41224-5

少年は、旅立った。サヨウナラ、「世界」――「悪」の手先・ミアちゃんに連れ去られた弟のキイちゃんを救うため、ランちゃんの戦いが、いま、始まる！　単行本未収録小説「魔法学園のリリコ」併録。

溺れる市民

島田雅彦　40823-1

一時の快楽に身を委ね、堅実なはずの人生を踏み外す人々。彼らはただ、自らの欲望に少しだけ素直なだけだったのかもしれない……。夢想の町・眠りが丘を舞台に島田雅彦が描き出す、悦楽と絶望の世界。

すいか　1

木皿泉　41237-5

東京・三軒茶屋の下宿、ハピネス三茶で一緒に暮らす血の繋がりのない女性４人の日常と、３億円を横領し逃走中の主人公の同僚の非日常。等身大の言葉が胸をうつ向田邦子賞受賞、伝説のドラマ、遂に文庫化！

すいか　2

木皿泉　41238-2

独身、実家暮らしＯＬ・基子、双子の姉を亡くしたエロ漫画家の絆、恐れられ慕われる教授の夏子、幼い頃母が出て行ったゆか。４人で暮らしたかけがえのないひと夏。10年後を描いたオマケ付。解説松田青子

冥土めぐり

鹿島田真希　41338-9

裕福だった過去に執着する傲慢な母と弟。彼らから逃れ結婚した奈津子だが、夫が不治の病になってしまう。だがそれは、奇跡のような幸運だった。車椅子の夫とたどる失われた過去への旅を描く芥川賞受賞作。

ニキの屈辱

山崎ナオコーラ　41296-2

憧れの人気写真家ニキのアシスタントになったオレ。だが一歳下の傲慢な彼女に、公私ともに振り回されて……格差恋愛に揺れる二人を描く、『人のセックスを笑うな』以来の恋愛小説。西加奈子さん推薦！

火口のふたり

白石一文　41375-4

私、賢ちゃんの身体をしょっちゅう思い出してたよ——挙式を控えながら、どうしても忘れられない従兄賢治と一夜を過ごした直子。出口のない男女の行きつく先は？　不確実な世界の極限の愛を描く恋愛小説。

こんこんさま

中脇初枝　41195-8

「あたしの家、幸せにしてくれる？」お稲荷さんがあるために「こんこんさま」と呼ばれる屋敷に、末娘が連れてきた占い師。あやしい闖入者により、ばらばらだった家族が一転して——家族再生のものがたり。

あかねさす——新古今恋物語

加藤千恵　41249-8

恋する想いは、今も昔も変わらない——紫式部や在原業平のみやびな“恋うた”をもとに、千年の時を超えて、加藤千恵がつむぎだす、現代の二十二のせつない恋物語。書き下ろし＝編。ｍｉｗａさん推薦！

あられもない祈り

島本理生　41228-3

〈あなた〉と〈私〉……名前すら必要としない二人の、密室のような恋——幼い頃から自分を大事にできなかった主人公が、恋を通して知った生きるための欲望。西加奈子さん絶賛他話題騒然、至上の恋愛小説。

キャラクターズ

東浩紀／桜坂洋　41161-3

「文学は魔法も使えないの。不便ねえ」批評家・東浩紀とライトノベル作家・桜坂洋は、東浩紀を主人公に小説の共作を始めるが、主人公・東は分裂し、暴走し……衝撃の問題作、待望の文庫化。解説：中森明夫

クォンタムファミリーズ

東浩紀　41198-9

未来の娘からメールが届いた。ぼくは娘に導かれ、新しい家族が待つ新しい人生に足を踏み入れるのだが……並行世界を行き来する「量子家族」の物語。第二十三回三島由紀夫賞受賞作。

想像ラジオ

いとうせいこう　41345-7

深夜二時四十六分「想像」という電波を使ってラジオのＯＡを始めたＤＪアーク。その理由は……。東日本大震災を背景に生者と死者の新たな関係を描きベストセラーとなった著者代表作。野間文芸新人賞受賞。

服従

ミシェル・ウエルベック　大塚桃〔訳〕　46440-4

二〇二二年フランス大統領選で同時多発テロ発生。極右国民戦線のマリーヌ・ルペンと、穏健イスラーム政党党首が決選投票に挑む。世界の激動を予言したベストセラー。

太陽がいっぱい

パトリシア・ハイスミス　佐宗鈴夫〔訳〕　46427-5

息子ディッキーを米国に呼び戻してほしいという富豪の頼みを受け、トム・リプリーはイタリアに旅立つ。ディッキーに羨望と友情を抱くトムの心に、やがて殺意が生まれる……ハイスミスの代表作。

キャロル

パトリシア・ハイスミス　柿沼瑛子〔訳〕　46416-9

クリスマス、デパートのおもちゃ売り場の店員テレーズは、人妻キャロルと出会い、運命が変わる……サスペンスの女王ハイスミスがおくる、二人の女性の恋の物語。映画化原作ベストセラー。